強行犯三係

浜田文人

ハルキ文庫

角川春樹事務所

【主な登場人物】

鹿取　信介（四〇）警視庁刑事部捜査一課強行犯三係　警部補

児島　要（二八）同　同

沖　純子（三〇）優智学園中等部　教師

天野　真子（二一）家政婦兼家庭教師

八田　忠成（四三）東洋新聞社　報道局社会部　キャップ

田口　雅之（三八）同　報道局政治部　記者

関根　豊（二八）同　報道局写真部　カメラマン

四方　春男（三八）夕刊さくら　報道部遊軍班　記者

1

ネオンが傾いている。街の風景がゆれて見える。

慢性の二日酔いだ。日曜も祝日もない。毎日、飲んでいる。晩秋の、土曜日からの三連休のはじまりの今夜は歌舞伎町のキャバクラにいた。

鹿取信介《かとりのぶすけ》はタクシーに乗り込んだ。

また電話が鳴った。同僚の児島要《こじまかなめ》からだ。

《いま、どこです。急いでください》

「がなるな」

《もう一度、言いますよ。現場は世田谷の経堂《きょうどう》三丁目。小田急線の経堂駅の北側、赤堤《あかつつみ》通を走れば、警察車輛がならんでるはずです》

「わかった。タクシーでむかってる」

《また酔っ払ってるんでしょ》

「うるせえ。心配ならミネラルを用意してろ」

《はいはい。とにかくぶっ飛ばしてください》

いつもながら、お節介な野郎だ。だが、腹は立たない。
「桜田門は俺らだけか」
《ほかは事案をかかえています》
「どんな状況だ」
《運転手に感づかれませんか》
「気にするな。忘れるようにおどしとく」
《まったく……被害者は十五歳。中学三年生です。名前も言いますか》
「いらん。それより、ほんとうに殺人《コロシ》なのだろうな」
《そういう報告です。自分は二、三分で現場につきますが、かけなおしましょうか》
「つくまで話してろ。電話が切れたら眠るかもしれん」
《しょうがない人だな。では、わかってることを話します。被害者は……》
「まて。ほかの話にしろ」
《どんな》
「おまえ、なんで俺にかまう」
《仲間だからです》
「それだけか」
《ちょっぴり興味もありますが……迷惑なんですか》

「そういうわけじゃないが、損するぜ。俺は、刑事部の幹部連中に嫌われてる。刑事部だけじゃねえ。桜田門の幹部の皆にけむたがられてる」
《そのようですね》
「知ってるのか、俺の過去」
《ちらっと》
「三係の、ほかの連中は」
《知らないと思います。もっとも、自分が聴いた噂《うわさ》がほんとうかどうかも……》
「だれに聴いた」
《おしえられません。でも、心配なく。その人は口がかたい》
「あてにならん。おまえには話したんだからな」
《自分が強引に訊《き》いたのです》
「捜査情報を見返りにか」
《えっ》
　児島の声がはねた。
《あやうく引っかかるところでした。現場についたので、もう切りますよ》
　鹿取の耳にあかるい声が残った。

電話を切って十五分ほどで世田谷区の経堂についた。

住宅街のなかにある児童公園に沿って警察車輛が連なっている。音もなく赤色灯がまわるパトカーのほか、紺色のワゴン車も見える。

すでに、現場鑑識係の連中も出動しているようだ。

鹿取は、ボタンをはずしたコートに両手を突っ込んだまま屋敷の裏木戸をくぐった。

とたん、児島に腕をひかれた。

「現場は離れです」

「十五歳のガキが離れ暮らしか」

鹿取は時刻を確認した。午後九時十六分。右手の庭のほうに視線をむけた。その先に二階建ての母屋が見えるが、窓に灯はない。

児島がくれたペットボトルを空にしてから、離れ家に入った。

現場は八畳ほどの洋間のリビングだった。細いカウンターごしにキッチンが見える。出入口は三箇所。屋敷の裏木戸に近い玄関と隣室につうじるドア、もうひとつは母屋と離れ家をつなぐ渡り廊下にでるドアである。

簡素な部屋だ。家具はL字型のソファとテレビ、壁に四段の棚があるだけで、ポスターやカレンダーなどの類はない。

鑑識の連中はいるが、本格的な捜査を始めていないようだ。現場では刑事らの仕事が優先する。部屋の中央で、数人の刑事が腰をかがめ、円座をつくっていた。

そのうちのひとりが立ちあがった。同僚の倉田洋《くらたひろし》だ。

強行犯三係には、係長の稲垣篤志《いながきあつし》警部以下、七名が在籍する。三名いる主任のなかで倉田警部補が最年長の四十三歳で、三係の古株でもある。鹿取は四十歳。鹿取よりもひと回り若い児島は、一年前、警部補昇進と同時に三係へ転属してきた。

鹿取は円座のなかをのぞいた。

ソファの傍らに若者が倒れている。カーキ色のコットンパンツにニットのセーター。着衣に乱れはなく、周囲に争った痕跡《こんせき》も見られなかった。テーブルにミネラルウォーターとクリスタルの灰皿がある。

倉田がささやいた。

「後頭部の骨が陥没してるらしい。脳挫傷《のうざしょう》によるショック死だな」

「凶器は」

「まだ見つかっていないが、棒状の……パイプとかバットとか、そんなものだ」

「死亡推定時刻は」

「肌には弾力があるし、体温も残ってる。傷口の血も完全には固まっていない。犯行は三時間以内ってところかな」

「ドアに鍵はかかってたのか」

「三箇所ともかかってなかった。だが、となりの部屋の窓はロックしてあるし、母屋はすべて戸締りをしてある。犯人が出入りできたのは、この離れの玄関だけだ」

「顔見知りの犯行の線が濃いわけか」

「まあな」

「家族はどこにいる」

「両親と娘は、きのうの夜、伊豆の別荘へでかけたらしい。もうすぐ戻ってくるだろう」

「ほかに出入りしてた者はいないのか」

「お手伝いの女がいるそうだが、土日は休みらしい」

「じゃあ、だれが発見したんだ」

「一一〇番通報があった。若い男の声で、少年が死んでると……」

「うるせえな」

棘《とげ》のある声がした。

鹿取は、視線を移した。

その先で、五十年配の男が立膝《たてひざ》を衝《つ》いたまま、鋭い眼光を飛ばしている。すべてがまるい。丸顔に、どんぐり眼と団子鼻。唇も肉厚だ。毛のない頭は照明にてかっている。

「どこのどなた様か知らないが、井戸端会議はそとでやってくれ。気がちるぜ」

「上等な口をきくじゃねえか。てめえ、そこでなにしてやがる」

「見りゃわかるだろう。検死だよ」

「死体に犯人をおしえてもらってるのか」

「なんだと」

男が顎《あご》をしゃくって立ちあがる。両脇の男らも腰をあげた。

あわてて児島が近づいた。

「まずいですよ」

「なにが。あんな野郎に咬《か》みつかれて、黙ってられるか」

「あの人は上野《うえの》音次《おとじ》さんって、北沢署の名物刑事なんです」

「知るか」

鹿取は、上野という男を睨《にら》みつけた。

「やい、タコ坊主。とっとと聴き込みにまわりやがれ」

「えらそうに。あんた、何者だ」

「三係の鹿取警部補だ」

応《こた》えたのは係長の稲垣だった。どこから来たのか、すぐそばにいる。

「鹿取の口の悪さは勘弁してくれ。けど、あんたも立場をわきまえてくれんと困る。この事案は、三係が仕切ることになったんでな」

「どうぞ。お好きなように。けど、うちの島を引っかきまわさんでくださいよ」

上野が悪態まじりに言い放ち、部下を連れて部屋をさった。

稲垣が鹿取の前に立つ。

「いきなり面倒をおこすな」

「喧嘩《けんか》は初っ端が肝心なんでね」

「それにしても、分が悪い。おまえは遅れてきたうえに、酔っ払ってる」

「係長は離れていてくれ。俺のそばにいりゃ、監督責任をとらされる」

「もうなれたよ。倉田も児島も手に余るが、おまえはそれ以上だ」

稲垣が苦笑し、くるりと背をむけた。

倉田も部下の三名に声をかけ、そとへでた。

夜の九時半をすぎて、周辺の聴き込み捜査を行なえる時間はそう多くない。刑事の姿はほとんど見なくなり、代わって、鑑識の連中が小道具を手に動きだした。

鹿取は、児島とその場に残った。酒のにおいをぷんぷんさせて聴き込みをやれば周辺住民に抗議されるのは眼に見えている。

隣室に移った。

五畳ほどの洋間にはシングルベッドとパソコンが載るデスク。こちらもシンプルで、出窓に置物はなく、壁際のスチール製の書架は整頓されている。

鹿取は、デスクの椅子に座って周辺をさぐる児島に話しかけた。

「これが十五のガキの部屋か」

「きれいに整理されてますよね。まじめなのか、親のしつけが厳しいのか」

「神経質なオタクかもしれん」

児島が首をすくめた。

「父親はなにをしてるんだ」

「霞が関の役人です。ことしの省庁再編で、運輸省の審議官から国交省の海事局長になったそうで、四十三歳の局長ならエリート官僚だと、係長が言ってました」

「この家、百坪はあるぞ。それに別荘……しこたま賄賂《わいろ》をもらってるんじゃないのか」

「どうしてそう斜めに見るのが好きなのかな」

「刑事てのはそんな稼業だ」

「鹿取さんの場合は性格のような気がしますが」

児島が眼で笑った。

鹿取は視線をそらした。

児島はきれいな眼をしている。捜査一課の刑事らしからぬ、赤児のように無防備で澄んだ眼なのだが、いつも熱を帯びている。

その眼を見ていると、己が恥ずかしくなるような、やましく思えるような、妙な気分にさせられる。警視庁に十八年在籍して、初めて出会った眼であった。

また酒を飲んでいる。

中野新橋にある食事処・円《まどか》だ。といっても、一階の店内でなく、二階の和室である。

女将の高田《たかだ》郁子《いくこ》との縁は五年になる。店の常連客のなかには鹿取を亭主か内縁の夫かと邪推する者もいるそうだが、すこし異なる。相手がだれであれ結婚の意志がまるでない鹿取には付かず離れずの距離感が心地よく、気ままに足を運んでいる。

郁子が好きなようにさせてくれている。

たまにそう思うことがあるけれど、深く斟酌《しんしゃく》したことはない。自他共に認める女好きだが、それは一緒にいるときだけの感情で、仕事中に女を思うことはないし、酒場で熱心にホステスを口説くわけでもない。なにかの拍子に、ふと、女と一緒にいたくなる。子どもが不安になると母親にあまえるのに似たようなものだ。

経堂の殺害現場を離れて一時間あまりがすぎた。

階段を踏む音がして、児島がひとりであらわれた。

鹿取は、座卓のむこう側に胡座《あぐら》をかく児島に徳利をさしだした。

「早かったな。北沢署には行かなかったのか」

「行けば、鹿取はどうしたと、係長に怒鳴られます」

澄まし顔で応じて、児島が盃をあおる。

北沢署に〈経堂中学生殺人事件〉の捜査本部が設置され、翌朝七時に第一回捜査会議が行なわれるのは知っている。

夕方以降におきた凶悪事件は、周辺の聴き込み、つまり初動の地取り捜査に捜査員が投入されるため、会議をしても捜査員が集まらないのだ。司法解剖の所見や鑑識の報告も時間を要するため、よほどの重大事件か、早々と被疑者が特定されないかぎり、翌朝に捜査会議をひらき、各部署の報告を聴いたうえで、捜査方針を決める。そののち、召集された捜査員は聴き込み、敷鑑、ナシ割り捜査に振り分けられる。

児島が言葉をたした。

「鹿取さんの斜め読み、はずれてましたよ」

「ん」

「被害者の父親はエリート官僚ですが、彼の父親が資産家で、つまり、ボンボンです」

「わかってねえな。カネ持ちほど強欲なんだ。それに、カネに対して罪悪感がない」

「偏見のかたまりですね」

「なんとでもほざけ」

「父親の柏木悦郎《かしわぎえつろう》は将来の事務次官候補のひとりで、妻の律子《りつこ》は上場企業の社長令嬢、娘の貴子《たかこ》は東京大学にかよっていて、家庭は円満だそうです」

「本人らがそう言ったのか」

離れ家で話しているさなかに家族が帰ってきて、児島が母屋へむかったのだった。

鹿取は同席しなかった。酒臭いせいもあるが、まどろこしい訊問《じんもん》が嫌いなのだ。

「娘の貴子はショックで寝込んだらしく、両親としか話しませんでしたが」

「被害者の息子のことはどう言ってる」

「性格はすなおで、家族思いだとか」

「そんな子がどうして一緒に別荘へ行かなかった」

「友だちと約束をしていたようだと言ってました」

「その約束、きょうだったのか」

「そこまでは知らないそうです」

「見えてきたな」

「えっ」

「捜査本部《チヨウバ》の方針さ」

「被害者、柏木淳《じゅん》の交友関係ですか」

「ほかになにがある」

「予断は……」

「よさねえか。俺に建前を言うな。だれだってそう思うだろうよ」

「最初に監視対象者ありきの公安部とは違います」

児島がむきになった。

そこへ、女将の郁子が料理を運んできた。

「児島さん、たくさん食べてくださいね」

郁子が愛想よく声をかける。

「いつもすみません」

「気にするな。もうすぐ店仕舞いで、あしたは休みだから、残飯整理だ」

鹿取のあけすけなもの言いに、児島が眼をむいた。

「なんてことを……」

すかさず、郁子がとりなした。

「いいんですよ」

「女将さんはえらい。自分の女房なら機関銃のような罵声《ばせい》が飛んでくる」

「この人、お店の用心棒なの。だから文句を言えば、ばちがあたるわ」

郁子が笑って言い残し、あわただしく階段を降りた。

足音が消えたときはもう、児島はせっせと箸《はし》を動かしていた。

児島の食欲は旺盛《おうせい》だ。見ていて楽しくなる。

鹿取は、酒で時間を流した。

料理のほとんどが児島の胃袋に消えたところで声をかけた。

「さっき、公安部とは違うと言ったよな」

「えっ」

「俺の素性を知っていながら、どうしてかまう」

「電話で言ったでしょ」

「変わってるぜ」

「鹿取さんも……噂だけど、あれ、ほんとうですか」

「裏切り者のことか」

「ええ」

「応えられん。俺は、まだ桜田門の人間だ」

鹿取は、ぶっきらぼうに返し、手酌で酒をあおった。

三か月前、鹿取は、警視庁公安部を追いだされ、おなじ庁内の刑事部に配属された。捜査一課強行犯三係が現在の部署である。

公安刑事がほかの部署に異動させられるのはきわめて異例のことで、まして、水と油の仲の刑事部への転属など本来はありえない。

鹿取の異動は、警察上層部の苦渋の決断といえるだろう。

その二年前、警察組織の威信を失墜させる出来事がおきた。マスコミへのリークで、内容は、警察内部の軋轢《あつれき》と捜査の不手際を糾弾するものだった。日本の犯罪史上で最悪の事件といわれた新興宗教による連続殺傷事件のさなかのことである。

警察上層部は、あらゆる手段を講じて、新聞やテレビでの報道を封じた。

同時に、やっきになってリーク者の特定に精をだした。

事件にかかわった公安刑事のなかから鹿取信介の名があがり、長い歳月をかけての内部調査でも鹿取への疑念は消えなかった。だが、確証を得るまでには至らなかった。

確証を得たとしても、鹿取の処分には苦慮したはずである。

公表すればリークの内容と背景が世間にもれる。鹿取が処分の不当を訴えれば、裁判で全容があきらかになり、警察に非難の矢が放たれるのは必至であった。

監視の眼が届く部署に異動させる。

それが警察上層部の最終決断だった。

だれにおしえられたわけではなく、鹿取はそう確信している。

「警視庁公安部に鹿取あり」

つぶやくような声に、視線を戻した。

「そう聴きました」

「新聞記者にか」

「どうして新聞記者なのです」

「刑事部の天敵ともいえる公安部につてがあるはずもない。二年前のリーク騒動を知る者はかぎられている。マスコミの、それも社会部に在籍する記者か、リークをどう扱うかの判断を迫られた幹部連中だけだ」

「そうですよね」

「俺にかかわるなと言われただろう」

「ええ。危険すぎると」

「おまえの出世にも影響する」

「そんなの、とっくにあきらめてます」

「だろうな。三係は評判が悪すぎる」

「自分と倉田さんだけです」

「自慢するな」

「でも、鹿取さんがきてくれたので、自分らの悪さがかすみそうです。始末書の数は倉田さんが五年間で十六枚、自分は一年で七枚。対して、鹿取さんはわずか三か月で早くも五枚……とても太刀打ちできません」

「ほざくな。俺は集団の捜査になれてないだけだ。係長がいつもぼやくとおり、おまえと倉田は単独捜査の常習者で、それも確信犯じゃねえか」

「おかげで、犯人検挙率は捜査一課の断トツです」

「おまえ、悪党をパクるために生きてるのか」

「刑事をやるために生まれてきました」

鹿取はあきれ顔で児島を見つめた。

「刑事を続けたければ、俺のことを詮索《せんさく》するな」

「その気はありません」

「それなら、しばらく辞めずにいられそうだ」

「辞職するつもりだったのですか」

「どうかな。けど、いまのところ居心地は悪くねえ」

おまえのおかげでな。

そのひと言は口にしなかった。


北沢警察署は、小田急線梅ヶ丘駅から歩いて五分ほどの、住宅街の一角にある。

その二階の一室の扉の脇に〈経堂少年殴殺事件〉と書いた紙が貼られている。

朝の捜査会議から十二時間後の午後七時に捜査員が再召集された。

鹿取は、二回目の会議が始まるぎりぎりの時刻に入室し、どこの所轄署での捜査会議でもそうするように、窓際の最後列の席に腰をおろした。

いつも児島が先にいて、鹿取の席を確保してくれている。もっとも、それがむだになることのほうが多い。鹿取が二回に一回は参加しないからだ。

児島が耳元にささやいた。

「一日に二回もでるなんて初めてですね」

「ひまでな」

「それでも助かります。上の連中は鹿取さんを見ると、怒るのを加減するので」

「怒る理由があるのか」

「見てのとおり、集まりが悪い」

たしかに、会議場は空席がめだつ。

捜査本部に召集されたのは、主戦力となる警視庁刑事部の強行犯三係の七名のほか、刑事課を軸に、地域課や少年係を含む北沢署の二十七名、それに他部署から寄せ集めた者を加えた六十二名で、殺人捜査としては小規模な陣容である。

いまいるのは四十名ほどか。北沢署の連中がすくないのは初動捜査の段階だからだ。おもに地取り捜査を担当する所轄署の連中にとって、事件発生直後の一日二日は、捜査の結末を左右するくらいに重要なのである。

鹿取は、室内を眺めまわしながら、口をひらいた。

「あのタコ坊主、いねえな」

「上野さんが仕切ってる班は全員いませんね」

「おしゃべりより聴き込みとは、けっこうまともじゃねえか」

児島に上着の袖《そで》をひかれた。

鹿取はひそひそ話が苦手なのだ。苦手というより、周囲に頓着しない。雛壇《ひなだん》に視線をやると、警視庁捜査一課の西村《にしむら》理事官と眼が合った。眼が怒っている。となりに座る北沢署の本多《ほんだ》刑事課長も鹿取を睨みつけていた。

西村が野太い声を発した。

「これより、会議を始める。皆を緊急に召集したのは、当然、理由がある」

西村がひと呼吸おき、視線を横にふった。

「大事な会議なのに所轄署の連中がすくないのはどういうわけだ」

「まもなく」

雛壇の端に座る北沢署捜査一係長が腰をうかし、うろたえぎみに応えた。

「聴き込み班からはすこし遅れるとの連絡が入っております」

「緊急の会議だと伝えたじゃないか」

「えっ、ええ……しかし、初動捜査での地取りは……」

「言訳はいらん。捜査の行方を決定しかねない重要な会議なのだ」

「痴話喧嘩はあとにしてくれ」

鹿取のひと言に、西村が顔をひきつらせた。

ふりむく捜査員たちの顔は一様に固まっていた。

だが、鹿取は意に介さない。

「重要な会議なら一刻を争う。とっとと報告しろよ」

「きさまっ、だれにものを言ってる」

西村の怒声が室内に響いた。

となりの男が西村にむかってつぶやいた。警視庁の捜査一課長である。雛壇の中央には捜査一課長、彼の両どなりに西村と北沢署長がいる。

相手にするな。

捜査一課長の声は最後列の席までとどいた。

あちこちで遠慮ぎみの失笑がもれた。

西村が眼で合図する。

それを受けて、鑑識係長が立ちあがった。

「きょう午前十一時すぎ、現場に隣接する民家の庭から発見された木刀が凶器と断定された。材質は樫《かし》で、長さは二尺六寸、一メートル弱だが、重量は九百グラムある。その木刀に付着していた血痕と毛髪が被害者のものと合致した」

「持ち主は」

「被害者の物だ。家事手伝いの天野《あまの》真子《まさこ》が証言した。一年ほど前に購入したらしく、天野は離れの掃除をするたびに木刀を見ていた」

前列からの質問に、西村が応えた。

「どうして木刀を……名門学校にかようお坊ちゃんで、近所の評判も悪くない。不良グループとの交際もないようだし、剣道を習っていたわけではありません」

「離れにひとりで寝てるので護身用に買ったと、天野は聴いたらしい」

「はい」と声を発し、鹿取の前の列の若者が立ちあがった。

鹿取とコンビを組む内田だ。強行犯三係には、三名の警部補のほか、弓永《ゆみなが》、内田、野村の巡査部長がいる。いずれも在籍一年から三年の若手である。

「一メートル弱の木刀が凶器なら、犯人は男ですね。傷口は一箇所。被害者が争った痕跡もない。一撃で仕留めるには相当の力が要ると思われます」

「その可能性は高いが予断は持つな。それより、重要なのは凶器が見つかった場所だ。離れから一メートルの位置に、高さ二メートルのブロック塀があり、犯人は、逃走直前に投げいれたと思われる」

「指紋は」

「ひとつもない。ぬぐいとったんだろう」

内田が腰をおろした。

鑑識班の報告と司法解剖所見が読みあげられたあと、西村理事官の指示に従い、聴き込み班と敷鑑班の捜査報告が行なわれた。

そのあいだ、だれも声をかけなかった。

実働部隊の大半が欠席していて、凶器の発見以外にめあたらしい情報がなかったせいもあろうが、いつもはなにかと口うるさい幹部連中までが無言なのには理由がある。

被害者が霞が関の官僚の息子だからだ。捜査本部の幹部の大半は警察庁からの出向組なので仲間意識が働き、警察庁に苦情や要望がくるのを恐れて捜査は慎重になる。

「ほかに、報告や意見はないか」

西村の声にかさなって靴音が響き、十数名の男どもが入ってきた。

最後尾にいる上野音次の顔は紅潮して見えた。

上野だけではない。遅れてきた連中のどの顔も上気している。

「あいつら、居酒屋に立ち寄ってきやがったな」

鹿取はつぶやいた。しかし、独り言は声がおおきかった。

中央の空席に座ろうとする連中の何人かがきつい視線をくれた。

児島が顔をしかめた。

「会議中はしゃべらないでください」

「さぼったとは言ってない。てめえらの情報を持ち寄るために集まったんだろう」

「それでも……」

「うるさいぞ」

西村が一喝し、続いて、上野らを睨みつけた。

「おまえらも、態度がでかい。大事な会議に遅れてきたら、まずはわびをいれろ」

「そうしてもかまいませんがね」

上野がふてぶてしく返した。

「われわれのネタより大事な話があるとは思えません」

「どういう意味だ」

「重要な容疑者を特定した」

「な、なんだと」

西村の声が裏返った。

上野のとなりにいる大柄な男がすくと立ちあがる。

一瞬にして、室内はしんと静まり返った。

2

その村落は、まるで朝寝をむさぼるかのように、山裾《やますそ》にうずくまっていた。

時折、突風が流れる。冬の到来を告げる山おろしの風だ。

四方《よも》春男《はるお》は、小高い丘に腰をおろし、絵のような風景を見つめていた。

この地に来て四日目になる。

東西を岩手山と姫神山《ひめかみやま》にはさまれ、北の空に西岳を仰ぎ見る盆地の村落は、三百人たらずの村民の大半が六十五歳を超えている。

「人が住んでいるのに、人を拒んでいる……そんな気がします」

声がして、四方は、ゆっくり視線をふった。

まぢかに、関根豊《せきねゆたか》がいた。バッグを肩にかけ、首にはカメラを吊るしている。

小柄で細身のわりに動作が緩慢で、話をすればどこかピントがずれる。

そのことは本人も自覚していて、だから警察官を辞めたのです、と言うのが口癖なのだが、カメラを手にすると顔つきが一変し、動きは機敏になる。

「たまにはしゃれたこと言うんだな」

関根は、はにかむようにほほえみ、緩斜面の先端まで行って、背をまるめながらカメラのファインダーをのぞき込んだ。

「そろそろ降りないと……だいぶ集まっていますよ」

四方は、斜面に沿って下界に眼をやった。

田んぼの畦道《あぜみち》をのんびりと歩く老人の姿がひとつ、またひとつ。

網の目のように張りめぐらされた畦道は、南北に走る街道のあちらこちらにつながっている。街道沿いには、ぽつりぽつりと食料品店や駄菓子屋などがある。

老人たちは、街道沿いにある、赤いスレート屋根の公会堂へむかっていた。

四方は腕時計を見た。午前九時四十五分になるところだ。

十時から村民集会がひらかれる。


――のどかな村落に突然、大騒動がおこった――

冒頭のその一行で指をとめ、ノートパソコンの画面にむかって、ため息をついた。

ありふれた文章である。つい最近もおなじフレーズを使ったような気がする。

四方は、夕刊さくら東京本社に勤務する報道部の記者である。

三年前の暮れに、東洋新聞社から系列の夕刊さくらへ出向してきた。

配属先の報道部遊軍班は、東洋新聞社の報道局社会部にあたる。いわゆる事件記者の集団なのだが、よその班がかかえる重大事案には応援出動するし、テーマを絞り込んだ時事ネタを取材することもある。

四方にしてみれば、勝手知ったる庭であった。東洋新聞での後半の七年間は社会部に在籍し、そのうちの五年間は警視庁の記者クラブにいた。夕刊紙独特の不規則な環境を除けば、新天地での仕事に違和感も不満も覚えなかった。

この半年あまり、特集記事を担当している。

〈紛争列島を行く〉と題したシリーズで、全国各地へ飛び、米軍基地、産業廃棄物、大気汚染の問題や、全国紙が扱わない地域限定の紛争などを取材している。

月曜から木曜までの四日間集中連載が基本なのだが、取材の内容によって、あるいは、読者の反響によって、一地域のルポ記事がひと月に及ぶこともある。

人気コラムニストの病気休筆によって穴の空いたコラム欄を埋める目的ではじめたルポ記事が長期連載になったのは読者の反応がよかったおかげだ。

シリーズ第十三弾の今回は、北上盆地の村落での騒動を手がけている。

この地に公営ギャンブルの場外売場の建設が計画され、岩手県は受け容れを表明したのだが、盛岡市の一部住民と村民の多くが反対し、いまは紛争状態にある。

二時間で終了した村民集会は、参加者の強い要望もあって、夜七時に再開されることになった。二日で三度の集会は騒動が過熱しているのを意味する。

四方は、午後の東北新幹線で帰京する予定を変更し、ホテルを延泊した。

今回のルポ記事の掲載は翌々週の月曜からだが、取材時の臨場感を伝えるには、現場の光景が生々しく記憶に残っているうちに書いたほうがいい。客観的な視線や己の感覚で表現するエッセイやコラムとは異なるのだ。

だが、パソコンを立ちあげても、めずらしく集中できなかった。

四方は窓際に立った。

盛岡市内のホテルの八階の一室にいる。

日曜の昼中なのに、路上に人の姿はまばらだ。

眼下に北上川が流れ、その上に開運橋が架かっている。遠く、ぬけるような青空の下、北上の山々が緑の濃淡を描きながら連なっている。

窓を開けると、つめたい風が頰《ほお》をなでた。

すぐそばに冬が忍び寄っているのだろう。

また来ることになれば、その時分は、山の頂に雪を戴冠《たいかん》しているかもしれない。

胸いっぱいに冷気を吸った。

携帯電話の着信音が鳴った。相手はカメラマンの関根だ。関根とは盛岡に戻ってすぐに別れた。大学の同級生と旧交を温める約束をしていたらしい。

「どうした。友だちの警察官にバイバイされたのか」

《いえ。報告が……玄武《げんぶ》温泉の近くで交通事故がありまして》

「俺らの取材に関係あるのか」

《事故をおこしたのは、あの弁護士です》

「杉浦勉《すぎうらつとむ》か」

杉浦は人権派の弁護士で、今回の騒動では反対派の村民を支援している。三日前、盛岡についたその足で、彼の事務所を訪ね、取材をした。四方と同い年の杉浦に環境問題で熱弁をふるわれ、いささか閉口したが、さほど悪い印象はない。

「そう言えば、やつは、おとといの、建設会社の説明会にあらわれなかったな」

《これませんよ。杉浦は意識不明の重態が二日続き、昨夜、亡くなりました》

「事故はいつおきた」

《三日前の木曜日の夜です。玄武温泉からの帰宅途中だったらしく、事故現場はゆるやかなカーブになっており、杉浦の車はガードレールを突き破って崖下に転落した。警察は、飲酒運転か不注意による事故とみているようです》

くそっ。ばかもんが。

四方は、胸のうちで己をなじった。

地方紙を読まなかったせいだ。全国紙の地方欄も見なかった。

杉浦の死が住民運動にどう影響するのか。

それを思いかけて、ふと、うかんだ。

「おとといの説明会でも、けさの集会でも、その話はでなかったよな」

《はい。自分も耳にしませんでした》

「どうして」

《はあ》

「いや。なんでもない」

四方は、話しながら、ベッドの上に地図をひろげた。

玄武温泉は、盛岡市から北西へ二十キロメートルほど離れた、岩手山の麓《ふもと》にある。
「俺たちの取材のあと、玄武温泉へむかったわけか」
《時間的にはそうなりますね》
「おまえ、事故の話を友だちの警察官に聴いたのか」
《はい》
「部署は」
《えっ》
「友だちはどこに勤務してる」
《岩手県警本部の刑事部……捜査一課の刑事です》
「いまも一緒か」
《はい。きょうは非番らしく……》
「友だちに、杉浦の玄武温泉での行動をおしえてもらえ」
《事故だと言ってますが……警察の捜査をうたぐるのですか》
「そうじゃないが、騒動のさなかの出来事なので、気になる」
《わかりました》
「報告は、夜の集会のときでかまわん」
四方は煙草《たばこ》を喫《す》いつけた。

あいかわらず、関根とのやりとりは神経を消耗する。気質が穏やかで、ほっとする笑顔の持ち主なのだが、短気で血の気が多い四方とはかなりのずれがある。
二度三度と煙草をふかし、コーラをひと飲みして、デスクに戻った。
またしても携帯電話が鳴る。
「はい。四方です」
《すぐ戻ってこい》
「はあ」
《いま岩手にいるそうだな。新幹線に飛び乗って、北沢署へ直行しろ》
「世田谷の北沢署へ……どうして」
《おまえの息子が取り調べを受けてる》
「なんの……まさか、聖人《まさと》が万引を……」
《その程度で電話するか。容疑は殺人だ》
「えっ」
四方は、携帯電話を落としそうになった。
顔が青ざめ、言葉を探しているうちに、今度は真っ赤に燃えだした。

3

「おかあさんには会ってるのか」

上野音次が椅子にもたれ、世間話をするような口調で言った。

向き合う四方聖人はとまどいの表情をうかべた。

「おとうさんと離婚してから一度も会ってないよ。連絡したの」

「まだしてない。おまえしだいだな」

「どういう意味なの」

「おまえが素直に自供して、連絡しないでくれと言えば、しないかもしれん」

「ぼく、絶対にやってない。何度も言うけど、ぼくがあの家に行ったときはもう淳君は死んでたんだ」

「まあ、その話は時間をかけてゆっくりしよう」

上野がじらすように、ゆっくりとした手つきで煙草を喫いつけた。

上野と聖人、筆記係の制服警官の三人が取調室に入って三十分がすぎた。

ときおり、会話に鳥の声がまじるのは窓を開けているせいだ。時刻は午後二時になるところで、西向きの窓から浅く陽が射し込んでいる。

「おかあさん、どうして離婚したんだ」

聖人が首をふる。

「あの人のことは話したくない」

「あの人……おまえを生んでくれたおかあさんをそんなふうに言うもんじゃない」

「関係ない。ぼくを……」

聖人が声をつまらせた。

上野が背をまるめ、両肘を机にあてた。

「捨てたか。大人の男と女にはやっかいなことがいろいろある。おかあさんだって、身を切られるような思いで、おまえと別れて暮らすようになったに違いない」

「どうでもいいよ」

「じゃあ、連絡してもかまわんだろう」

「いやだ」

「おかあさん、このことを知れば、泣いて飛んでくるぞ」

「そんなこと、あるもんか」

「おとうさんは、どうだ。近所の人の話では仲がいいそうだな」

「おとうさんにも連絡しないで」

「してないさ。けど、ここへ来るにきまってる。なにしろ、新聞記者だからな」

「知ってるの」

「東洋新聞にいたころ、何度か顔を合わせてる」

「ぼくがこんな目にあってると知れば、刑事さんは、きっと抗議されるよ」

「どうかな。その前に、会社を辞めさせられるかもしれん」

「そんな、ばかな。ぼくは無実だ」

「あんまり突っ張って捜査を長びかせると、おまえの印象が悪くなるばかりだ。そうなれば、自慢のおとうさんだって、会社にいられなくなる。夕刊さくらには抗議やいやがらせの電話が殺到するだろうし、新聞社はどこの会社よりも世間の声を気にする」

「やってないってば」

聖人が突っかかるように身を乗りだし、語気を荒らげた。

上野が背を椅子に戻し、ゆっくりと煙草をふかした。


「くだらん」

鹿取は、マジックミラーから視線をそらし、腰をうかしかけた。

奥にいる二人が不快な視線をよこした。録音担当の制服警官と、北沢署の刑事だ。

だが、鹿取は気にしない。

となりの児島要が口をひらいた。

「どうして怒ってるんです」

「なにが落としの音次だ。親を使っての、定番の泣き落としじゃねえか。いまどきのガキに通用するもんか」

「まだ逮捕状《フダ》をとったわけではありません」

「けど、タコ坊主はガキを犯人と決めつけてやがる」

「鹿取さんは違うと思ってるのですか」

「さあな」

「はっきり言え」

背後で声がした。三係の稲垣係長である。

理由もおしえられず、稲垣の命令で、取り調べの様子を見せられたのだった。

鹿取は、稲垣に視線をすえた。

「どうして、俺をここに」

「後学のためだ。おまえもそろそろ取り調べをやらんと……」

「むいてませんよ。二、三発、ぶん殴って、吐かせるのなら別ですが」

「ばかもん。そんな気質だから、見学させてるんだ」

「あのガキ、犯人じゃねえ」

「なんで言いきれる」

「勘です」

「おまえに捜査刑事の勘が備わってるとは思えんが」

「それなら訊かんでください」

「どうしようもないやつだな」

稲垣が苦笑し、つられるように、児島が眼で笑った。

ドアがひらき、長身の男が入ってきた。北沢署の刑事課長の本多だ。五十三歳になるたたきあげの刑事で、稲垣と共に、現場の指揮を執っている。捜査会議で雛壇に座るノンキャリアは本多と稲垣の二人だけである。

「どうだ、吐いたか」

「まだです」と、本多の部下が即答した。

稲垣が本多に訊く。

「むこうはどうだ」

別の取調室では、三係の倉田が被害者と同級生の女子生徒から事情を訊いている。

「すらすら応えているが、少年の犯行はありえないと、かたくなに言い張ってる」

「むりもない。少年の恋人なんだ」

「恋人……十五歳の子どもなんだぜ。感情におぼれてるだけだろう」

本多がいどむような視線をぶつけた。

おなじ警部でも、警視庁の花形部署と所轄署の刑事部屋では格が違う。その意識が本多に強く働いているように思えた。


マジックミラーのむこうで、上野が灰皿に煙草をつぶした。

「さあ、おさらいをしようか」

まるで隣室に上司が入ったのを知ったかのように、上野の顔が険しくなった。

「おまえは、被害者の柏木淳に脅迫されていた」

聖人がちいさくうなずく。

「原因は、被害者の同級生の、水島友里恵《みずしまゆりえ》をめぐるトラブルで、間違いないな」

「トラブルじゃない。むこうが一方的に……」

「その発端になった出来事を、もう一度、話してくれ」

「先週の日曜の昼間、渋谷で友里恵とデートしているところを淳君らに見られ、翌々日の火曜、学校の帰りに待ち伏せされた」

聖人は、最初の話をずいぶん端折《はしょ》った。

すべての出来事の端緒は、ひと月前に行なわれた優智学園の文化祭である。

そこへ遊びに行った聖人は、優智学園中等部三年生の水島友里恵と出会い、付き合うようになった。被害者の柏木淳は、以前から同級生の友里恵に好意を抱いており、聖人に敵意を燃やしたらしい。

聖人は、人気のない裏路地へ連れ込まれ、友里恵と別れるよう迫られる。それを拒むと、暴力をふるわれた。相手は三人だった。

そう供述したさい、聖人はセーターとシャツを脱ぎ、裸の上半身をさらした。脇腹から背中にかけていくつもの青黒い痣《あざ》があった。淳が木刀で殴ったのだと言った。

「そのことを、彼女に話したのか」

「言うわけないじゃん」

「どうして」

「心配する。それに、友里恵がおなじ目にあうかもしれない」

「しかし、腑《ふ》におちん」

「なにが……」

「被害者は、あかるくて愛想がいいと、近所でも評判がよかった」

「でも、ぼくには凶暴だった。乱暴されたうえに、恐喝された」

「金曜の夜、つまり、事件の前夜に、被害者から電話があったんだな」

「そう」

「おとうさんはいなかったのか」

「前の日から出張だった」

「被害者はどう言った」

「慰謝料として五十万円よこせと……払わなければ、友里恵をマワすと……」

聖人の声が沈んだ。肩がふるえだした。

「おカネは用意できなかったんだな」

「そんなカネ、持ってるわけない」

「おとうさんに相談しようと思わなかったのか」

「思わないよ」

「どうして」

「おとうさんは正義感が強くて、短気だから」

「話せば、被害者の家に怒鳴り込むか、警察に通報すると思った」

聖人がうなずく。

「警察に相談しようとは考えなかったのか」

「すこし、考えた。でも、友里恵を巻き込みたくない気持ちのほうが強かった」

「で、ひとりで解決しようと決心した」

上野が語気を強めた。

聖人がおびえるような表情を見せた。

すかさず、上野が畳みかける。

「事件の当日は、もう迷っていなかった」

「そんな言い方……ぼくが殺す気で……」

「その気はなかったが、カッとなり、もしくは、また木刀で殴られそうになって……」

「ち、違う」

聖人が金切り声をあげ、手のひらで机をたたいた。


鹿取は席を蹴った。

稲垣が声を発した。

「どこへ行く」

「タコ坊主を張り倒す」

「なにを怒ってる」

「見苦しい。きたねえ野郎だ」

「どうして」

「ガキを相手に、ずるい駆け引きを使うなんざ、大人の刑事のやることじゃねえ」

「おまえならどうする」

「犯人だと確信していれば、ぶん殴って吐かせる」

「それこそ懲罰ものだ。マスコミにたたかれ、辞職せざるをえなくなる」

「ふん。タコ坊主にはその程度の覚悟もねえってことでしょう」

「あんたねえ」と、北沢署の刑事が腰をうかした。

とっさに、児島がその刑事の前に立ちふさがる。

鹿取は、刑事に眼光を飛ばした。

「見ろ。タコ坊主の自慢げな顔を」

「なにっ」

「ああいうのを、虐待ってんだ」

言い放ち、ドアノブをつかんだ。

「児島、ついて行け」

背に、稲垣の怒鳴り声を聞いた。


階段を駆け降り、一階のロビーへむかう。

あとを追う靴音を聞きながら、そとにでた。

玄関脇に四、五人の男どもが群れていた。ロビーの長椅子の周辺にもおなじにおいの連中がたむろしていた。どうやってかぎつけたのか、警察関係者にささやかれたのか、マスコミの者に違いなかった。

鹿取は、自分にむけられた興味深そうな視線をすべて無視した。

マスコミは信用できない。

公安刑事のころには、新聞記者やフリーライター、ジャーナリストと極秘に接触していた。公安事案にかかわる情報を集めるためだったが、彼らのなかには職務を離れて気脈をつうじ合う者もいた。

だが、いまは彼らの大半と一方的に接触を絶っている。

公安刑事の職を解かれたからではない。

マスコミそのものへの信頼と信用が消えうせたからだ。

児島がならびかけた。

「意外と熱いんですね」

からかうような、楽しむような口調だった。

「性根のひん曲がった野郎を見ると、反吐《へど》がでる」

「鹿取さんも、かなり屈折してると思うけど」

「俺はねじれてるだけだ」

「なるほどね。心棒はまっすぐだけどねじれてる」

「うるさい」

鹿取は、足を速め、梅ヶ丘駅前の、喫茶店に入った。

昔ながらの店内に客はいなかった。

二人してコーヒーを飲んでひと息ついたあと、児島が口をひらいた。

「今回はまじめにやってください」

「ん」

「北沢署の連中を敵にまわした。それと、勘の責任をとってもらいます」

「あれは、三文芝居を見せられた腹いせだ」

「それでも、上野さんらは敵対心をむきだしにしますよ」

「勝手にしやがれ」

「無責任な」

児島は乱暴に言ったが、怒ったふうには見えなかった。

「おまえや倉田はどう動く」

「しばらくは北沢署のサポートですね」

「本音か」

「なんでもかんでも単独捜査や別線捜査をやるわけじゃありません」

「てことは、おまえも、あのガキが犯人だと思ってるのか」

「そういうわけではないけど、捜査の方向性は間違っていないかと」

「倉田もおなじ考えか。で、ガキの女を取り調べた」

「あのですね……」

児島が子どもをたしなめるようなまなざしをくれる。

「ガキはまだしも、ガキの女はないでしょう。まだ中学三年ですよ」

「おくれてるな。いまどき、十五歳は立派な女だ。メル友の女子高生に言わせりゃ、小学生が娘で、中学、高校が女、そのうえはすべておばさんらしいぜ」

「淫行《いんこう》してるのですか」

「メル友と言ったろう。たまにはだまされて相手をしたかもしれんが」

「鹿取さん、たぶん、女がらみでクビですね」

「願ってもない。晴れてヒモになれる」

「ヒモでもなんでもいいけど、今回の後始末をつけてからにしてください」

「俺が活躍する情報を拾ってこい」

「情報収集は鹿取さんの専門分野でしょう」

「俺の場合、足は使わん。耳だけで集める」

児島がうなだれた。

鹿取は、反撃に転じた。

「ところで、北沢署の玄関にいた野郎に声をかけられてたが、あいつ、何者だ」

「えっ」

「とぼけるな。おまえを呼び捨てにしたやつがいたじゃねえか」

児島の口がへの字に曲がった。

「あいつがチクリ野郎か」

「チクリだなんて……忠告してくれたのです」

「東洋新聞の八田《はった》忠成《ただなり》」

「知ってるのですか」

「名前だけはな。桜田門の記者クラブの牢名主だろう」

「ええ。大学の先輩で、記者クラブに配属されてすぐ、新聞記者との付き合い方や、先輩刑事たちのあれこれをおそわりました」

「おまえ、タコ坊主にいたぶられたガキの父親とも親しいのか。父親の四方春男は、一時《いっとき》、桜田門に詰めてた」

「よくご存知で」

「公安刑事の仕事は、身内の名と顔を覚えることからはじまる。おまえらは捜査本部に顔をだす公安部の幹部連中しか知らんだろうが、俺らは、刑事部や生活安全部に所属する刑事の、ほとんどの顔と名を知ってる。内偵捜査のさなかに邪魔されても、迅速に、適切に対応できるようにな。桜田門にいる記者に対してもおなじだ」

「邪魔をしてるのは、いつも公安のほうです」

「まあ、それは認める」

鹿取はあっさり返し、話を戻した。

「父親と接触したのか」

「するわけないでしょ。自分は刑事です」

「刑事も人の子。まして、先輩の八田にはせわになってるんだろう」

「先輩であれ、身内であれ、捜査は別です。情には流されません」

「この俺に情をかけるのは、どういうわけだ」

「情じゃない。仲間だからです」

「さっき、八田となにを話した」

「話してません。あとで電話すると、サインを送られただけです」

「八田は、四方の息子が事情聴取されてるのを知ってるんだな」

「そうだと思います。刑事部内にいくつもアンテナを持ってるようですから」

「てことは、四方春男もやってくる」

「そうでしょうね。自分は歓迎しませんが」

「苦手なのか」

「そうでもないけど、なにしろ短気で、血の気が多くて」

「おもしれえ。タコ坊主とやり合うんだな」

「そんな……不謹慎ですよ」

「板ばさみになって、困るか」

「自分は、どっちにも付きません」

「それならつまらん。俺は消える」

「だめです。事情聴取がおわりしだい、会議がはじまります」

「だからよ。俺がいれば、おまえも係長も往生する。俺はタコ坊主の敵なんだろ」

「それも、そうですね。では、円に居てください」

「おまえの指図は受けん。言っとくが、あそこは俺の家じゃねえ」

「では、どこへ」

「俺の趣味はなんだ」

「酒と女です」

「その女よ。若いメル友とデートして、元気をもらってくる」

「やっぱり、淫行してるんですか」

「俺は心がひろい。十代から七十代までオーケーだ」

児島が肩を落とし、はでにため息をついた。

4

四方春男は、東北新幹線とＪＲ中央線を乗り継いで新宿駅まで行き、新宿駅西口広場でタクシーに飛び乗った。

新宿からは小田急線を利用するほうが北沢署へ早くつくかもしれないけれど、列車を待つ時間がもどかしい。それに、電車内は携帯電話を使えない。東京駅につくまで幾度もデッキに立ち、東洋新聞社の八田忠成と電話で話をした。

息子はまだ北沢署に留め置かれ、午後一時からの事情聴取はすでに五時間にも及んでいるらしい。八田の話によれば、訊問しているのは北沢署の上野音次。一面に自信を貼っているような男の顔が眼にうかぶ。

どんな狡猾な手を使っているのか。

想像するだけでも身ぶるいする。ふるえるたびに血がたぎる。

北沢署の玄関前につくや、領収書も釣銭も受けとらずに車を降りた。

玄関脇にいた八田が肥満ぎみの体をゆらしながら近づいてくる。

四方は、わざと視線を合わさなかった。自分の相手は上野だ。

足を速め、正面玄関前の階段を踏む。

しかし、そこまでだった。

三人の男が横一列にならんだ。

八田の両脇で、広永昌巳《ひろながまさみ》と藤井《ふじい》修吾《しゅうご》が手をひろげる。藤井は警視庁の記者ブースに詰める八田の部下で、四方の上司の広永は夕刊さくら報道部遊軍班のキャップだ。

四方は、八田を睨みつけた。

「どいてください」

「だめだ。いまは我慢しろ」

「できません。倅《せがれ》が拷問にあってるんですよ」

「ばかなことを言うな」

「相手は、あのおっさんなんでしょ」

「上野さんだって、相手が少年であることは考慮してるはずだ」

「それなら、北沢署の幹部と話をします」

「やめとけ。同業者がいる」

「えっ」

視線をふった先、北沢署の玄関の周辺には十人ほどの男どもが群れ、皆がこっちを見ていた。遠慮ぎみにカメラのレンズを向ける者もいる。

「倅の事情聴取、発表されたのですか」

「それなら、連中に囲まれてるさ」

八田に腕をとられた。

ファミリーレストランに入った。

同業者はついてこなかった。

それでも用心のためか、藤井が入口近くの席に座った。広永は、捜査本部の動向をさぐるためと、聖人の事情聴取の終了を報《しら》せるために、北沢署に残った。

四方は、奥の席で八田と向き合った。

コーヒーを注文したあと、八田が口火を切る。

「聖人君と最後に会ったのはいつだ」

「四日前、木曜の朝……倅が学校へ行くとき、声をかけた」

「盛岡へ出張したのもその日だよな」

「ええ」

「ちかごろ、聖人君に変わった様子はなかったか」

「別に……」

「聖人君、暴行されたうえに、恐喝されていたらしい」

「ええっ」

四方は眼をまるくした。

「相談されなかったのか」

「暴行されたのはいつです」

「くわしいことはわからん。俺が洩れ聴いたのは、被害者が聖人君に暴行を加え、恐喝していたということだ」

「それは事実なんでしょうね」

「だから、警察は署での事情聴取にふみきった」

「暴行された理由はなんですか」

「聖人君の彼女だ」

「えっ。彼女……」

「それも知らなかったのか」

「まったく。どんな子です」

八田が首をふる。

「まだくわしい情報をつかめていない。ただ、聖人君と前後して少女が北沢署に入ったのは確認した。その子が聖人君の彼女で、被害者はその子に恋していたらしい」

「そんなことで……」

四方は語尾を沈めた。

「聖人君と彼女の交際に腹を立てた被害者が聖人君に暴行した。そこまでは、被害者の友だちの証言でわかってる」

「恐喝については」

「最初の訊問のさい、聖人君がみずから話したそうだ」

「犯人扱いか」

乱暴な口調になった。

「目撃者がいる」

四方は空唾をのんだ。

「死亡推定時刻はおととい、土曜日の午後七時から八時のあいだ。七時十五分ごろ、現場となった家を飛びだす聖人君を目撃した人がいる。ほかに二人、現場付近で血相を変え、逃げるように走る聖人君を見ていた」

「最悪だな」

「しかし、犯行を目撃されたわけじゃない。現場から聖人君の指紋が検出されたが、凶器にはなかったらしい」

「なぐさめにもなりません」

「なぐさめる気はない。聴いたことを話してる」

「ほかには……状況証拠だけで中学生を引っ張ったのですか」

「その点に関してはなんとも言いようがない。だが、悲観するのはまだ早い」

「好転する材料もあるのですか」

「一一〇番通報した者がいる。若い男の声だったらしい」

「それが倅だとしても、殺してない証拠にはならない」

「判断を急ぐな。すべては、おまえら親子が話し合ってからだ」

「きょうは帰される」

「そう思う。事情聴取がはじまったあと、捜査会議は行なわれていない。つまり、聖人君は犯行を否認してる。決め手となる有力な物証もないのだろう。捜査本部は事情聴取の行方を見守っている感じで、逮捕状をとる気配もない」

四方は息をぬいた。

わずかばかりの余裕が生まれた。

聖人が老獪《ろうかい》な刑事を相手に犯行を否認している。

そう思えば、すこしは気を強く持てる。

「ところで、柏木悦郎という名に覚えはないか」

「柏木……」

とっさには思いうかばなかった。

「ことしの省庁再編で、国交省の海事局長になった男だ。五年前の肩書きは、運輸省海上技術安全局の審議官だった」

「五年前……ああ、思いだしました。運輸省と大手ゼネコンとの贈収賄事件がおきたときに、収賄側のひとりとして名前があがった役人ですね」

おぼろだが、記憶がよみがえった。四方が東洋新聞社に入社して二、三年目にも東京湾臨海整備計画にからむ構造汚職疑惑が発覚し、柏木の関与がとりざたされた。

「被害者はやつの息子で、優智学園にかよっていた。聖人君とおなじ中学三年だ」

「あの優智学園にも、悪ガキがいるのですか」

優智学園は幼稚園から大学までの一貫教育を基本理念としており、単に著名人の子息が多くかようだけでなく、生徒・学生の学業成績も私立ではトップクラスだ。そのうえ、高等部までは規律や生活指導にも厳しいと評判の名門校である。

「いまどきは、どんなお嬢様学校でもおちこぼれはいる」

「その息子の評判はどうなんです」

「学校関係者や近所の人の評判は悪くない」

「わかりました。腹をすえて、倅と話します」

「それが一番だ。というより、それしかない。息子を信じてやれ」

四方はうなずき返した。言われるまでもない。

「やっかいなのはマスコミだな」

「気にしませんよ」

「おまえはそれでもいいが、聖人君が追いまわされるのは酷というものだ」

「捜査情報がもれるのも、マスコミ連中が容疑者やその家族をつけ狙うのも仕方ない。俺もこれまでおなじことをしてきた」

「もれる程度ではないかもしれん」

「まさか。警察が、捜査の段階で未成年者の素性をあかすとは考えられません」

「午後三時の記者会見で、北沢署の署長が早期解決を口走った。で、記者に、容疑者を特定できているのかと突っ込まれ、たじろぐシーンがあった。同席していた警視庁の捜査一課長があわてて、早期解決をめざし鋭意捜査中とフォローしたが……どうなるか」

八田の言いたいことはわかった。事件記者は嗅覚《きゅうかく》が鋭いのだ。

「聖人君をおまえの実家に預けてはどうだ」

「むだです」

四方はきっぱりと言い放った。

マスコミ連中はハイエナ野郎だ。

その自覚はある。


息子の聖人が帰宅したのは午後八時半であった。

その三十分前に、四方は、八田に説得され、自宅に戻った。上司の広永から、報道陣の数が増えている、との連絡があって、北沢署で息子を待つのをあきらめたのだった。

六時間をこえる事情聴取から解放された聖人は、覆面パトカーと東洋新聞の車を乗り継ぎ、藤井に付き添われて帰ってきた。

玄関で息子の顔を見たとき、四方は声をかけられなかった。

息子は思っていたよりも元気そうで、ただいま、とはっきり口にした。

それでも声がでなかった。

どう迎えればいいのか。

なにから話せばいいのか。

四方は、帰宅したあと、そのことばかり考えていた。

息子に殺人の嫌疑がかかったことへの動揺と困惑で頭も胸も一杯だった。事件の真相よりも、息子の犯罪への関与の有無よりも、息子への対応にとまどっていた。

新聞記者としての意識など消えていた。

勝手なものである。人間なのだから身びいきはあたりまえだ。

そんなことさえ思いもしなかった。

藤井が立ちさり、聖人をリビングのソファに座らせたあと、四方は、リビングとカウンターで仕切られたキッチンへ行き、コーヒーを淹《い》れた。淹れながら、ちらちらと聖人のほうに視線をやった。

息子の横顔がしだいに暗くなるのがわかった。

張り詰めていた神経が弛《ゆる》みだしたのだろう。

いまにも泣きだしそうにも見えた。

四方は、コーヒーを持ってソファに移った。

「ぼく、殺《や》ってないからね」

か細い声がした。

「わかった」

そう返すのがやっとだった。

四方は、煙草を喫いつけ、ふと頭にうかんだことを口にした。

「彼女ができたのか」

ほんの一瞬、聖人の口元がほころんだ。

「どんな子だ」

「なにも知らないの」

「ん」

「事件についてさ」

「先輩にすこし聴いた」

八田から、事件の概要と、聖人が事情聴取されるまでの経緯はおしえられた。しかし、八田が得た情報も細ぎれで、全体の背景が見えるほどではなかった。相手が八田といえども捜査員の口はかたいのだろう。それは八田本人ももどかしく感じているようで、容疑者が新聞記者の息子であること、被害者が官僚の子どもで、しかも、父親には過去にきな臭い疑惑があったことが要因になっているのだろうと、言っていた。

「でも、そんな情報は忘れた」

「どうして」

「おまえの話を聴く。そこからはじめる」

「信じてくれるの」

「信じさせてくれ」

四方はつくり笑顔を見せた。

「どんな子だ」

「優智学園の中等部三年生の水島友里恵って子。友だちと一緒にむこうの文化祭に遊びに行って知り合ったんだ」

「いい子か」

「かわいい。やさしいし、勉強もできる」

「でかしたじゃないか」

四方が声をはずませても、聖人の表情は弛まなかった。

「そんな話はいいよ」

「そうか。じゃあ、柏木淳君との関係をおしえてくれ」

「ぼくと……それとも、彼女」

「もちろん、おまえとの関係だ」

聖人はずっと背をまるめ、両の肘を膝にあてたままだ。

上眼づかいの瞳に苛立《いらだ》ちのような光を感じた。

四方はコーヒーを飲んで、聖人の口がひらくのを待った。

ややあって、聖人が話しだした。

その内容は、八田の情報とほとんどおなじだった。聖人がかよう学校の門前で三人に待ち伏せされ、淳に乱暴されたこと、三日後に脅迫の電話がかかってきたこと、その翌日に聖人が淳の自宅を訪ねたことを、聖人はぽつぽつと話した。

四方は、黙って聴きながら、どういう順番で質問をかさねるかを考えた。先ほどの聖人の口ぶりで、水島友里恵に関する質問はいやがっているように感じた。

それなら、事件当日の状況をくわしく訊くしかない。

「淳君の家に行ったのはおとといが初めてか」

「もちろん」

「彼の自宅、まっすぐ行けたのか」

犯行現場は経堂三丁目の閑静な住宅街にある一軒家だ。四方の自宅も経堂だが、小田急線南口から南へむかう一帯の一丁目なので、北口を北へむかい、赤堤通をこえた先の現場とは歩いて二十分ほど離れている。

「恐喝の電話のあと、ファックスで地図が送られてきた」

「ほう」

四方は口をまるめた。初めて知る情報だった。

「経堂駅から自宅までの道順と、敷地内の地図が描いてあって、屋敷の裏にある木戸から入ってくるようにと……木戸をくぐったところに離れの玄関があった。それで……」

「ちょっとまて。その地図はどうした」

「きょう、刑事に見せたら、とられた。まずかった」

かるく語尾がはねた。

「そんなことはない。それでいいんだ。おまえが正直に話してる証だからな」

「でも、刑事は地図を見て、ニヤッとした。感じが悪かったよ」

「気にするな。刑事だっていろんなタイプがいる。それで……どうした」

「夜の七時に淳君の家につき、離れの玄関をあけて声をかけたけど、返事がなかった。そのまま帰ると、もっと面倒になると思って……」

「部屋に入ったのか」

「淳君の名前を呼びながらね。正面の部屋のドアがあいていたし……」

聖人が眼をとじ、ややあって言葉をたした。

「淳君、ソファのそばであおむけになって倒れてた」

「びっくりしただろう」

「うん。でも、死んでるなんて思わなかった。近づいてようやく……」

「病気で倒れたとか、そんなふうには見えなかったのか」

「だって、床に赤い血が……淳君の頭から流れてた」

「さわったのか」

「肩をゆすってみた」

「反応がなかったのだな」

聖人がうなずく。

「部屋のなかを見たのか」

「ちょっと」

「人がいるような気配とか。凶器がころがっていたとか」

聖人が強く、何度も頭《かぶり》をふった。

「どれくらいの時間、部屋にいた」

「十分……それ以上はいなかったと思うけど、よくわからない」

「それからどうした」

「そとにでたとたんにものすごく恐ろしくなって、必死で走りだした」

「そのときの様子、刑事に話したのか」

「したよ」

「刑事はその部分をしつこく訊かなかったか」

「そういえば、淳君の自宅と近所の略図を見せられて、どの道をとおって逃げたのか、確認するように二、三度、質問された。どうしてなの」

「おまえが走りさるのを目撃した人がいて、その証言と合致するかを判断するためだ」

四方は、凶器が木刀で、それが隣家の庭で発見されているのはふせた。

状況から推察して、聖人への事情聴取はこれからも続くだろう。マスコミは、捜査本部の要請を請けて、凶器が木刀とは報じていない。

それらを勘案すれば、現時点で聖人に情報を与えないほうがいいだろう。

ここまでの話を聴くかぎり、聖人は正直にありのままを話していると思う。しかし、マスコミが報じていない捜査情報をおしえれば、聖人の感情がゆれ、助かりたい一念で供述を変える可能性もある。そうなれば刑事に間隙《かんげき》を衝かれる。

「それから……」

四方はさぐるように言った。

「家に帰ってきて、またそとにでた」

「どうして」

「公衆電話から一一〇番通報するために……そんなことをすれば、ぼくがうたがわれるんじゃないかと思ったけど、一刻も早く警察に報せるほうがいいと思いなおして……」

「それでよかったんだ。で、そのことを刑事に話したのか」

「うん」

「自分から」

「そう。でも、刑事さんはそのことにあまりふれなかった。興味ないんだよ」

「そんなこと、あるもんか」

「おとうさん、助けて。ぼく、ほんとうに殺ってないんだ」

「信じる」

「警察はぼくをうたぐってる。ぼく……」

聖人の眼が濡《ぬ》れて光った。

「もう、あんなところへ行きたくない」

「我慢しろ。堂々とほんとうの話をすればいい」

「おとうさん、抗議してよ」

「ゆきすぎの捜査が行なわれれば厳重に抗議する」

「ぼくを護《まも》ってくれるんだね」

「おとうさんを信じろ」

「わかった。でも……」

「でも、なんだ」

聖人がうつむき、しばしの間を空けた。

「おとうさんは家庭を護れなかった」

とがめるような口調ではなかった。

それでも、四方の胸には棘が刺さった。

離婚して三年がすぎている。

四方にしてみれば、突然の破局であった。

関西でおきた無差別殺人通り魔事件の取材で一週間ぶりに帰宅したその夜に、前妻の君《きみ》子《こ》から離婚届用紙を突きつけられた。

話し合う余地はまったくなかった。

――あなたは笑うかもしれないけど、わたしは子どもなの。子どもはだれかにかまってもらわないと生きていけないのよ――

君子はそう言い残し、おおきなバッグを手にした。

四方は、男の存在を感じつつも、追及することも、非難することもできなかった。

のちに君子に聴いてわかったことだが、君子は幾度も息子に、家をでて一緒に暮らすよう懇願したそうである。それでも、聖人は己の意志で家に残る決心をした。

四方は、息子の決断の背景を知らない。君子も知らないようだった。聖人にそれを訊けないままいままに至っている。この三年間、聖人も母親の話はいっさいしなかった。

四方は、聖人が顔をあげるのをまって、おもむろに口をひらいた。

「たしかに家庭を持つ人間としては失格かもしれん。だが、おまえだけは護る」

聖人が力なく顔を上下させた。


新東洋ビルの六階にあるサロンはがらんとしている。

いま、午前十時。サロンに人がつどい、にぎやかになるのは昼をすぎてからのことだ。新聞記者の大半は昼まぢかになって出勤するからで、午前中にサロンを利用するのは広告や営業部署の者がほとんどである。

きょうは、登校する息子の聖人と一緒に家をでて、会社へむかった。

東洋新聞社時代を含め、朝九時の出勤は記憶にない。

当面の仕事を済ませておこうと思って来週掲載の記事原稿を書きはじめたのだが、いっこうに進まないうちに、報道部長の鈴木文治《すずきぶんじ》に声をかけられたのだった。五十五歳の鈴木は年々体重を増し、かつての辣腕《らつわん》記者の面影は薄れている。

鈴木が濃い眉《まゆ》で八の字を描いた。

「大丈夫か」

「えっ」

「ひとり息子が事件に巻き込まれたんだろう」

「倅は犯人じゃありません」

「それ」

「はあ」

「俺が心配してるのは、おまえだ。なにしろおまえの渾名《あだな》は瞬間湯沸かし器だからな。なにをしでかすかわからん」

「ご心配なく。倅の無実を証明するだけです」

「乱暴な手段にでれば、捜査員の反感を買うぞ」

「部長が自分の立場ならどうされるのですか」

「おまえとおなじように動く。だが、無実の証明ではなく、事件の真相をあばく」

「どう違うのですか」

「父親の感情は胸に隠し、記者として行動する」

「自分は部長ほど人間ができていません」

鈴木が肩をすぼめた。

「記者クラブの八田にまかせてはどうだ」

「倅の件、八田先輩に聴いたのですか」

「ああ。おまえの気質を案じて連絡をくれたんだ」

「先輩には情報収集でおせわになるつもりですが、じっとしてる気はありません」

「好きにしろ」

四方は小首をかしげた。頭の片隅で勘が警鐘を鳴らしだした。

「本題はほかに……」

「ある」

鈴木がにっと笑い、言葉をたした。

「岩手で、杉浦という弁護士が死んだそうだな」

「ええ」

「あれ、ただの事故ではないらしい」

「ど、どこからそんな話……あっ、カメラマンの関根ですか」

出社して眼をとおした全国紙にも東北の地方紙にもそんな記事はなかった。思いあたるのは関根だけだが、彼から杉浦に関する報告はない。

「息子の件を気づかって、おまえにではなく、俺に連絡してきた」

「どうして部長なんですか。うちの、遊軍班のキャップでも……」

「関根は東洋新聞の写真部に在籍してるんだ。夕刊さくらの仕事で出張延長の許可をもらうには俺の判子がいる」

「あいつ、取材を続ける気ですか」

「やる気満々だった。元警察官の血が騒いだのかもな」

「しかし……」

「反対するのならおまえが行け」

「そんな」

四方は眼をまるくした。

「おまえは息子のことで頭がいっぱい。かといって、遊軍班に余力はない。一応、キャップに打診してみたが、むりとの返事だった。関根にやらせるしかないだろう」

「あの交通事故に、どんな疑惑があるのです」

「まだ公式発表されてはいないが、岩手県警は捜査一課と交通捜査課が連携し、本格的な捜査をはじめたらしい」

「捜査一課……殺人ですか」

「交通事故がおきた現場から猛スピードで走りさるトラックが目撃されてる。その数十分前、現場近くの路肩に同タイプのトラックが停まっていたとの証言もある」

「つまり、事故を装った計画的な犯行と」

「そこまでは断定していないようだが、杉浦本人の運転ミスによる転落事故でないのはあきらかになった。大破した杉浦の車に別の車の塗料が付着していたそうだ。偶発的な接触事故の可能性もあるが、警察は目撃証言を重要視したのだろう」

「警察は、例の住民運動も視野にいれているのですか」

「どうかな。だが、関根の友人は、その話に興味を持ったらしい。もし杉浦を狙った犯行だとすれば、おまえもほってはおけんだろう」

「当然です」

四方はきっぱりと言った。

直後、口元をゆがめた。鈴木は口説き上手で、いつもはめられる。

すかさず、鈴木が畳みかけてきた。

「もうひとつ、疑惑の元がある」

「あっ」

四方は思わず声をもらした。

「事故がおきる前の、杉浦の行動ですね」

「おまえの指示のおかげで、警察が本気になった」

「玄武温泉で、杉浦はだれと会っていたのですか」

「午後七時前から二時間あまり、温泉旅館の離れで会食していたそうだが、相手が二人ということ以外はわかっていないし、従業員はだれも連れの顔を見ていない」

「そんな、ばかな」

「仲居の話によれば、料理はいっぺんにだしてくれとの注文があり、三人前の料理を運んだときはまだ杉浦しかいなかったらしい」

「旅館の玄関でも見られていないのですか」

「離れを使うのは常連客で、門から庭をとおって出入りできる」

「杉浦は常連だった」

「そのようだ」

四方は低くうなり、腕をくんだ。

「どうだ。行ってみる気になったか」

「いえ。まずは関根にまかせます」

「殺人事件と断定されたら、どうする」

鈴木がやんわりと言った。

いつもの手だ。鈴木は記者魂とやらを信じていて、それをくすぐるのだ。

それがわかっていても、四方はくすぐられ、好奇心が風船のようにふくらむ。

「もちろん、行きます」

すぐに応えて、条件をつけた。

「その前に休暇をください。一週間、いえ四、五日で倅の件を片づけます」

「いいだろう」

鈴木の顔には、要求は想定内と書いてあった。

鈴木をサロンに残し、夕刊さくら報道部のフロアに戻った。

夕刊さくらの編集局は新東洋ビルの五階にある。四階と五階が夕刊さくらで、社員食堂やサロンがある六階をはさんで、七階から十階までが東洋新聞社。ほかのフロアは企業や飲食店に貸している。新聞社は赤字なので、賃貸料は貴重な財源なのだ。

編集局は報道部と企画部にわかれ、報道部はさらに、政治・経済・遊軍・運動・芸能・特集の六班に枝分けされている。

四方が所属する遊軍班はデスクを筆頭に九名いるけれど、島にはだれもいなかった。

それがいつもの光景である。

今度は仕事に集中できた。

来週と再来週分の記事原稿を書きおえたとき、肩をたたかれた。

傍らに田《た》口《ぐち》雅之《まさゆき》が立っていた。

四方とは同期入社で、この十年は東洋新聞社の報道局政治部にいる。長身の細面で、神経質そうな見かけとは裏腹に、気質はおおらかで人あたりがいいので政治家や官僚たちの受けがよく、その分、仕事はできる。

他人には好対照の存在に見えるようだが、二人は妙にウマが合い、四方が夕刊さくらに出向したあとも、お互いに連絡をとり合い、夜の街にでかける仲である。

四方は、顔に笑みをひろげた。

「あいかわらず元気そうだな」

「元気でないと政治家の相手はできん」

食欲、性欲、出世欲の三拍子が揃っていなければ政治家として大成しない。それが田口の、体験による口癖である。なので、政治記者も三拍子が揃って、しかも、あかるく元気でなければ、大物政治家の懐には入れないそうである。

野心を抱く政治家ほどマスコミ業界に多くの人脈を持ちたがる。いわゆるブレーンといわれる者の大半は政治記者かジャーナリストである。

つい最近、田口が与党・民和党の若手有力議員のブレーンになったとの噂を聞いた。

「のんきに仕事してる場合じゃないだろうが」

「おまえも、知ってるのか」

「おいおい、ボケがはじまったのか。それとも、息子のことでほかに頭がまわらんのか。被害者の父親は俺のエリア内にいるんだぜ」

「そうか」

つぶやいたときはもう、腰をうかしていた。

タクシーで五分とかからずに日本橋にある日本料理店についた。

二階の小座敷で、田口がビール瓶を傾けながら口をひらいた。

「聖人君はどうしてる」

「学校へ行ったよ。マスコミに追いまわされるおそれもあるので、しばらく休むように言ったんだが、学校で友だちといれば気がまぎれるとか」

「それなら安心だ」

田口がひと息にグラスを空け、言葉をたした。

「俺な、いま霞が関の複数の省庁がからむ疑惑をさぐってるんだ」

「えっ」

四方はとまどった。

田口を食事に誘ったのは、経堂の殺人事件に関して、被害者周辺の情報を入手したかったからだ。てっきり、田口もそのつもりなのだと思い込んでいた。

「テレビのデジタル化にからんで霞が関に妙な動きがある」

「それが、経堂の殺人事件と関係あるのか」

「まあ、聴けよ」

田口が顔を近づける。

「いまの有料の衛星放送は映画とスポーツ、それに公営ギャンブルの中継が目玉になってるが、このうち、映画とスポーツのライブはいずれNHKや民放のBSに獲られるだろうといわれている。残るは三千万人をこえるファンがいるとされる公営ギャンブルの実況中継で、これは民放と衛星放送各社との熾烈《しれつ》な争奪戦になる」

「現時点でも、有料の各社は経営が苦しいそうじゃないか。民放のデジタル化が完了する二〇一一年には消えてなくなると聞いたことがあるぞ」

「そこまではどうかな。製作コストの問題もあるし、ギャンブル中継に企業コマーシャルがつくかどうかも疑問だ。しかし、そうなる不安もなくはない。そこで、昨年の秋、衛星放送の大手が郵政省に働きかけた」

「当然だろうな」

「疑惑はそのあとのことだ」

田口が手酌でビールを飲み、間を空けた。

松花堂弁当が運ばれてきたからだ。

仲居が消えるや、田口が座卓に片肘を衝いた。

「陳情を受けた郵政省の幹部は、農水、運輸、通産の各省の幹部に接触した」

「なるほど。中央競馬を所管する農水省、競艇の運輸省、競輪の通産省か。霞が関の官僚らはどんな悪さを思いついたのだ」

「ずばり、天下り先の確保。というより、裾野をひろげる。省庁再編のあとにまっているのは行政改革で、世間は役人の天下りに厳しい眼をむけている」

「それ、省庁再編のあとも継続中なのか」

「ああ」

「どう動いてる」

「公営ギャンブルのない地域に場外売場を設置し、それを足場に、有料の衛星放送を全国に普及させる。場外売場でのライブ中継の権利を独占できれば、そのまま、テレビの放映権をえられると考えたわけだ」

「その程度で存続できるかな。公営ギャンブルの売上はどれも右肩さがりで、バブル崩壊以降は急降下してるじゃないか。それに、場外売場そのものの経営にも疑問がある。電話投票に加えてパソコン投票も急速に普及してるからな」

「そんな先の話は霞が関の役人の知ったことではない。公営ギャンブルの主催者が赤字になろうとも、所管する省庁の関連団体への上納金は法律で約束されている。経常利益ではなく、売上の約三パーセントと決まってる」

「それが天下りした者たちの懐に入るわけか」

「すでに入ってるが、さらにぼったくろうとの腹づもりなんだろう」

四方はため息をついた。

霞が関官僚の利権支配はいまにはじまったことではない。

そんなことを嘆いたわけではなく、話の先が読めてきて、気分が重くなった。

視線を落とし、箸を手にした。

田口も食べだした。

しかし、のんびりというわけにはいかなかった。

田口が手を休めて、口をひらく。

「おまえが取材してる岩手の村落……あそこが合同場外売場のモデルケースだ」

「わかってるさ」

「同様の合同場外売場の予定地が全国規模でリストアップされていることもか」

「えっ」

「地域住民の反対は端《はな》から無視で、過疎地対策と雇用の促進、それに、地方自治体の財源確保を名目にできる地域を選定した」

「カジノとは違って、それなら国会に法案を提出する必要がない分、らくなわけか」

「そういうことだ。関係各省は迅速に、活発に動いている。とくに積極的なのは、開催場が桐生《きりゅう》市以南の二十三箇所しかない競艇を所管する国交省で、その国交省の中心人物が、海事局の局長、柏木悦郎だ」

そういうことか。

四方はおおきくうなずいた。

「おまえがさぐっているのだから、政治家もからんでるよな」

「もちろん」

「だが、その話はあとにしてくれ。いまは経堂の事件が最優先だ」

「いいだろう。知りたいことを言え」

「柏木悦郎についておしえろ」

「柏木は四十三歳。同期では出世頭で、将来の事務次官候補と目されているが、本人にはその気がなく、政界に転出するつもりらしい。義父のおかげで政財界に太い人脈を持ち、カネもある。悪知恵も働く。まさしく、政治家むきというわけだ」

「これまでにもいくつかの疑惑で名前があがった。けっこう敵もいるんじゃないか」

「司法当局は別として、霞が関や省内の評判は上々だ」

「どう」

「同僚や部下の面倒見がいい。男気があるという者もいるが、カネだな。運輸省の若手だったころから遊び歩いてるそうだ」

「資産家で、やつの女房も社長令嬢とか」

「五年前の贈収賄事件を覚えているか」

「ああ」

「あのときのゼネコンの現会長の娘が柏木の女房だよ。柏木の実家は資産家らしいが、女房の実家にくらべれば屁みたいなもんさ。経堂の豪邸も、伊豆の別荘も、女房の父親の援助で手にいれたらしい」

「個人的にはどうだ」

「わからん」

「過去の疑惑も調べなおしているのか」

「そこまでは……おい、息子の事件を父親の疑惑にからめようとしてるのか」

「そうじゃないが、いまはどんな情報もほしい」

「自分で犯人探しをやる気だな」

「倅に護ってやると約束した」

「一年以上も会ってないが、いくつになった」

「十五だ。来年、高校へ進学する」

「いまが大事な時期というわけか。よしっ、ひと肌ぬいでやる」

「助かる」

「なにを知りたい」

「息子の周辺は、俺と警視庁キャップの八田さんとで調べる。おまえは、父親の周辺をさぐってくれ。とくに、現在進行形の疑惑については詳細におしえろ」

「わかった。あしたの告別式にこいよ。やつの交友関係をおしえてやる」

5

児島要が小走りにやってきた。

彼の背後に見えるのは優智学園中・高等部の校舎である。

私立の優智学園は、小田急線喜多見駅から徒歩十分、新旧の住宅が建つ街のはずれ、野川緑道沿いにある。木立に囲まれたひろい敷地は、常緑樹が生い茂る杜《もり》によって、幼稚園と初等部、それに中・高等部とにわかれている。

鹿取信介は、正門前の道路を隔て、さらに一ブロック離れた角地に立っている。

「こんなところへ呼びだして、どういう了見だ」

「了見だなんて、おおげさな」

眼元を笑みが走る。

曇天の下でも児島の瞳はまぶしい。

「ここはやつらの担当じゃねえのか」

鹿取は顋をしゃくった。

　正門の周辺には北沢署の刑事たちがうろついている。

　時刻は午後三時半。連中は下校時の生徒を待っているのだろう。

「見てのとおり、学校のなかには興味がないようです」

「被害者の交友関係を洗ってるのか」

「もうすぐわかりますよ」

「それを見せるために俺を呼んだのか」

「とんでもない。鹿取さんにしかできない仕事をしてもらいたくて」

「なんだ。美人教師の相手でもさせてくれるのか」

「もっと得意分野です」

「ん」

「娘ですよ。水島友里恵と話してください」

「倉田はどうした。きのう、あいつが署で事情を聴いてたじゃないか」

「苦手だそうです。倉田さんには同い年の娘さんがいて」

「それならおまえがやれ」

「自分はもっと苦手です。それに、学校関係者で手がいっぱいなのです」

「顔がわからん」

「写真を見たでしょう」

「忘れた」

「しょうがない。彼女がでてくるまで一緒にいます」

「例のガキはどうした。もう無罪放免か」

「タコ坊主……もとい、上野刑事がそう簡単に手放すものですか。北沢署の連中は四方聖人がかよってる中学校にも張りついてる」

「恥さらしな野郎だぜ」

「そんなことを言って……犯人だったらどうします」

「どうもせん」

鹿取はさらりと返した。

ほどなく正門に生徒たちの姿が見え、あたりがにぎやかになった。

二十メートルは離れているのに生徒の声が聞こえる。モスグリーンの制服を着た女子生徒が携帯電話を手にしている。ゲーム機を見つめながら歩く男子生徒もいる。クラクションを鳴らす車に駆け寄る少女もいた。

刑事たちが彼らに声をかける。

学校側の指示があったのだろうか、生徒たちは、黒手帳を突きつける刑事に素っ気ない態度を示しているように見えた。大半の生徒は、立ち止まることもなく、迷惑そうに手をふり、逃げるようにその場をさってゆく。

やがて刑事らがひとかたまりになった。三人の女子生徒を囲んだのだ。

「まいったな」

児島が顔をしかめた。

「友里恵を連れさる気ですよ」

児島の言うとおりの展開になった。

刑事らは、三人のうちのひとりを警察車輛に乗せた。

「あの子か」

「そうです」

「俺の出番はなくなったわけだ」

「まってください」

「またん。急用ができた」

鹿取は、正門にむかって歩きだした。

児島が追いつき、横にならぶ。

「急用、うまく行くといいですね」

「はあ」

「友里恵の連れの二人、どうやら聴取されなくてすみそうです」

鹿取は無言で足を速めた。

制服姿の女が指に付いた生クリームを舌先で舐《な》める。

大人の体つきをしているけれど、仕種《しぐさ》は子どもだ。

鹿取は、駅前のカフェで、コーヒーを飲みながら、二人の女を交互に見つめた。

どちらも水島友里恵とおなじクラスだそうで、前髪に栗色のメッシュを差した美咲《みさき》という子は細面に薄く化粧をほどこし、女であることを意識しているように見えるが、となりの香奈《かな》はすっぴんの丸顔で、無防備にケーキを頬張っている。

鹿取は、二人が食べおえるのを待って、口をひらいた。

「さっき、友里恵が連れて行かれたときの様子を話してくれ」

「殺された淳君のことで訊きたいことがあるって」

美咲が言い、香奈があとを受けた。

「けっこう強引だったよ。友里恵は先生に相談するって行ったんだけど、こっちで了解をとるからって、友里恵を車に乗せちゃった」

「抵抗しなかったのか」

「わたしが騒いだんだけど、ここで話をすれば、よけいに混乱するだろうって。おまけにさ、文句があるのなら、一緒に警察へ行くかっておどされた」

「そんなもんだ」

美咲がくすっと笑った。

「どうした」

「だって、おんなじ刑事なのに……おじさん、こわい顔してるけど、なんか安心する」

「生意気な」

香奈が丸顔を近づける。

「友里恵、うたがわれてるの」

「なんでそう思う」

「なんとなく……」

「友里恵と淳の仲はどうだった」

「付き合ってるって感じはなかったけど、淳君のほうはその気があったみたい。友里恵がときどき淳君ちへ行って、宿題を手伝ってたせいかもね」

「おまえらも、淳と親しいのか」

「べつに……一年のときおなじクラスだったけど」

「どんな子だ」

「あかるいし、ルックスもまあまあ。人気者だったよ。でも、学年があがるたびにちょっとずつ変わって、最近はとっつきにくくなってた」

「原因はなんだ」

「成績のせいかな。うちの学校は成績別にクラス編成されていて、一年のときはわたしらとおなじA組だったんだけど、二年でB組、三年はC組になっちゃった」

「高校まではエスカレータなんだろ」

「無試験で入れるのはAとBの七十人。Cは試験があるのよ」

「自宅に行って勉強をおしえるくらいなら、付き合ってたんじゃないのか」

「ありえないよ。友里恵はだれにでもやさしいからね。それに……」

香奈が言いよどんだ。

すかさず、美咲が肩で突く。

「なに、言いなよ」

「友里恵、彼氏ができたんじゃないかな」

「えっ、マジ」

美咲が語尾をはねあげた。

「あの子、秘密主義でしょ。だから、訊かなかったんだけど、三週間前の日曜日に、渋谷で男の子と歩いてるの、見ちゃったのよ」

「知ってる子なの」

「区立の子……先月の文化祭のとき遊びに来てて、ちょっとだけ話した。友里恵はその子を連れて案内したみたい」

鹿取は、香奈に訊いた。

「そのときの雰囲気はどうだった」

「さあ。わかんない。さっきも言ったように、友里恵は皆にやさしくて、頼まれればことわれない性格なのよ」

「それなのに秘密主義か」

「他人の相談には乗るのに、自分のことは言わない。仲よしのわたしらにだって、家族の話はほとんどしないし、愚痴や不満なんて聴いたことないもん」

となりで、美咲がうんうんとうなずいた。

「淳に友だちはいたのか」

「学校ではいまのクラスの子二人といつも一緒にいた」

「名前は」

香奈が表情を曇らせた。

「心配するな。せっかく仲よくなったおまえらに迷惑はかけん」

「わかった。C組の……」

香奈の声に、美咲の声がかさなった。

「やばい」

鹿取は、美咲の視線の先を眼で追った。

長身の女が近づいてくる。

「あなたたち、ここでなにしてるの」

「俺と話してる」

女が鹿取にきつい視線をくれた。

「あなたは」

「警視庁の鹿取」

女の顔がさらに不機嫌になり、美咲らにむかって声を荒らげた。

「行きなさい」

美咲と香奈が顔を強張《こわば》らせ、席を立った。

二人が逃げるようにさったあと、女が立ったまま口をひらいた。

「もっと分別のある行動をしてください」

「事情も訊かず、上から見おろしてものを言うのもどうかと思うぜ」

「そんな口のきき方……」

「とにかく、座れよ」

女が渋々の顔で正面に腰をおろした。

ちいさい顔とアーモンド形の眼が印象的だ。歳は三十前後か。グレイのスーツのなかはピンクのピンストライプのシャツ。細身をさらに引き締めている。

女が紅茶を注文し、視線をむけた。

「名刺をください」

鹿取は、言うとおりにして、警察手帳もひらいて見せた。

「あの子たちになにを訊いていたのです」

「通常任務の範囲内での訊問だ」

女がなおもなにかを言おうとする前に、手のひらをさしだした。

「なんですか」

「名刺は交換するもんだ」

一瞬、憮然《ぶぜん》とした顔を見せたが、女は傍らのバッグに手をいれた。

渡された名刺には、優智学園中等部　教師　沖純子《おきじゅんこ》、とある。

「あの子らの担任か」

「いえ。三年C組を担当しています」

「柏木淳のクラスだな」

「あのですね」

純子が不満口調で言う。

「初対面なのですよ。もっと丁寧な話し方はできないのですか」

「あいにく教養がない。普段のしゃべりで勘弁してくれ」

「あの子たち、こわかったでしょうね」

「できるかぎり、やさしい顔を見せた」

純子が弛みそうな頬に手をあてた。

「訊問の内容をおしえてください」

「柏木淳に関することだ」

「あの子たちはなんて……」

「一年生のときはクラスが一緒だったが、いまは違うのであまり知らんそうだ」

鹿取は平気で嘘《うそ》をついた。

「知っていても言わなかっただろう。警察やマスコミにはなにもしゃべらないようにと、口止めされてるはずだからな」

「世間に無垢《むく》な子たちに指導するのは学校関係者として当然の義務です」

「いまどき、十五で無垢な子などいない」

「偏見です。あなたは仕事柄、悪い子ばかりを見てきたんでしょう」

「そうかもな」

鹿取はあっさり返した。言いたいことがあっても、女と口論する気はない。まして、相手はむこうから飛び込んできた貴重な情報源である。

だが、純子はなおもこだわりをみせた。

「警察はともかく、マスコミとは接触しないよう厳重に伝えてあります。学友が殺されて生徒たちは動揺しています。そのうえ、マスコミの餌食《えじき》にされ、生徒たちが世間から好奇のまなざしで見られるのはかわいそうです」

「名門校の名にも疵《きず》がつく」

「な、なんてことを……」

純子が絶句し、ややあって伝票を手にした。

鹿取は右手で純子の手の甲を押さえた。

「柏木淳だが、よその学校の生徒を恐喝していた」

「えっ」

「新聞もテレビも発表していないが、いずれ、週刊誌とかがあばくだろう」

純子の背がまるくなった。

「事実なのですか」

「ああ」

「でも、どうしてわたしに」

「無作法の詫びだ」

「くわしく話してもらえませんか」

「三年A組に水島友里恵という子がいる」

「知ってます。とても責任感が強くて、やさしい子です」

「その子をめぐってのトラブルらしい。子ども版の三角関係だな」

「そんな言い方……淳君は彼女と付き合っていたのですか」

「付き合っていたのは恐喝されたほうの子だが、どの程度の仲なのか、淳と友里恵がどうだったか、いまのところわかってない」

純子が思案する表情を見せたあと、ひらめいたように眼をまるくした。

「恐喝されていた子が犯人……」

「どうかな。捜査本部のなかにはそう見る者もいる。ことわっておくが、いましゃべってることが公になれば、俺はクビだ」

「大丈夫です。絶対に口外しません」

「絶対はない。ついということもある。そうなる前に、友里恵に話を聴いてはどうだ。そのあとでなら、職員会議でおおっぴらに議論もできる」

「そうね」

純子がぼそっとつぶやき、視線を落とした。

鹿取は二の矢を放った。

「ひとりでかかえ込むことじゃない。すでに友里恵は事情聴取を受けてるんだ」

「ええっ」

「ついさっきも、正門前で捜査員が友里恵を車に乗せた」

「そんな、乱暴な」

「友里恵はきのうも訊問されてた。学校に報告はないのか」

純子がぶるぶると顔をふる。

「うたがわれてるのかもしれんな」

「冗談じゃないわ。あの子にかぎって……」

「共犯って線もある」

「な、なに言ってるの」

「可能性の話だ」

「あなたも捜査に参加してるのでしょ」

「一応な。だが、捜査員の頭のなかが皆おんなじとはかぎらん」

「どうしよう」

純子がうわごとのように言い、瞳をゆらした。

「とにかく、友里恵と話すことだ。友里恵が事件に関与していなければ、力になる」

「ほんとですか」

「ああ。俺は美人に弱い。弱いというより、だらしない」

純子がキッと睨んだ。

しかし、初めて視線を合わせたときの眼つきとはあきらかに異なっていた。

どこからどう見ても、うだつのあがらぬおっさんである。

肥満の体型に、満月のような顔。顎も首もたるんでいる。年がら年中、格子柄のボタンダウンのシャツにコットンパンツ。どちらも皺《しわ》だらけだ。

そんな風貌の八田忠成だが、警視庁記者クラブの面々も、警視庁の職員も一目置いている。辣腕記者という雰囲気はないけれど、存在感はたしかにある。おおらかな気質なのに神経がこまやかで、笑顔をむけられるとつい声をかけたくなる。

鹿取もだまされた。

利用したつもりが利用された。

しばらく経《た》って、そう悟った。

しかし、付き合いはやめなかった。やめるには惜しいとも思った。

公安刑事は個人的な情報提供者をどれだけ持てるかで能力がきまる。

鹿取は警視庁の主要部署にもアンテナを持っていた。そのほとんどは、弱味や悪癖につけいり、アメとムチで情報屋に仕立てた連中である。マスコミ関係者も同様だった。

例外は八田ひとりである。

鹿取は、無精髭《ひげ》で隠した素顔をのぞくようにして、口をひらいた。

「あんたがおしゃべりとは知らなかったぜ」

「児島要に聴いたのか」

「二年前の一件まで話すなんざ、あんたもなまっちまったか」

「あれは褒めたつもりだ。それに、ちょっぴり胸が痛んでる」

「あんたは関係ねえ。決断したのは俺だ」

「俺がそそのかした。それなのに、記事にできなかった」

「気にするな。あんときの、警察上層部の圧力が半端じゃなかったことは知ってる」

「リークの中身どころか、リークの存在そのものを否定された。そのうえで、記事にすれば記者クラブから追放との通告があった」

八田が苦笑をもらした。

「鹿取は危険すぎる……そのほかに、なんて忠告した」

「おまえらしくもない質問だな」

「ふん」

八田が徳利をさしだした。

鹿取はそれを受け、盃をあおった。

神楽坂の小料理屋にいる。八田のなじみの店で、かつてはよくかよった。

今夜は半年ぶりの再会である。

「おまえとの縁は切れたと思ってたが」

「切るもんか。あんたを使えるうちはな」

「なにを知りたい。四方親子の情報か。それとも、被害者の父親のほうか」

「要の経歴をおしえてくれ」

「本人に訊けよ」

「訊けば、俺のこともしゃべらされる」

「どうして興味を持つ」

「気にいらん」

「えっ」

「あいつの眼、刑事らしくない」

八田が眼を細め、すぐに声を立てて笑った。奥の小座敷にいるが、カウンターの客がふり返るほどの豪快な笑いだった。

「さすがに鹿取信介だ」

「お世辞はいらん。手短におしえろ」

八田はためらわなかった。酒を飲み、肴《さかな》をつまみながら、楽しそうに話した。

児島要は、福岡県久留米市に生まれ、両親が離婚したあと、母親と二人で上京。母親の実家のある国分寺市に住んだ。八田とおなじ大学に在学中に母親を病気で亡くし、卒業後は警視庁に入庁した。警視庁を志望した理由を本人は語らないそうだが、八田の推察によると、父親が独身のころ警視庁に勤務していたのが遠因になっているらしい。児島は、国分寺署の地域課、立川署の刑事課を経て、警部補の昇進試験に合格したのを機に現在の警視庁刑事部捜査一課に配属された。

鹿取がいささか驚いたのは、児島が新婚ほやほやだったことである。鹿取が強行犯三係に転属する半年前に旅行代理店に勤めるＯＬと結婚したらしい。

八田が酒をあおり、最後に短く言葉をたした。

「児島は警察との縁が濃い。別れた父親もかつては警察官。女房の父親もそうだ」

「現役なのか」

「おととしだったか、定年退職した。渋谷署の防犯課長だった」

「やっぱり刑事をやるために生まれてきたわけか」

「苦手なタイプのようだな」

八田がにっと笑う。

「ものめずらしいだけだ」

「もういいだろう。本題に入れよ」

鹿取は、料理の幾品かを口にし、そのたびに酒を飲んだ。

ひさしぶりに酒が旨《うま》い。

「柏木悦郎に関する情報をくれ」

「捜査会議で話題にならんのか」

「幹部連中は意図的にさけてるようだ」

「圧力か」

「縄張り根性もある。なにかと噂の多い野郎だからな。桜田門の捜査二課や地検特捜部の連中に手を突っ込まれたくない」

「おまえなら過去の疑惑は知ってるだろう」

「過去はどうでもいい。現在進行形の疑惑はないか」

八田が手のひらで顎の無精髭をさすった。頭を働かせるときの癖だ。

鹿取は煙草をふかした。

ほどなく、八田が口をひらいた。

「四方の息子は眼中にないのか」

「ガキの相手は疲れる」

「いいだろう。協力する。ただし、すこし時間がほしい」

「いまもあるんだな」

「耳にしたが、興味がわかなかった」

「つまり、二課も地検も動いてない」

「それくらいはおまえも確認ずみだろう」

「俺のアンテナは折れちまった」

「嘘つくな。いまもこうして俺を利用してる」

あんたは情報屋じゃない。

そんなしゃれた台詞《せりふ》は吐けない。

「ことわっておくが、見返りはねえぜ」

「いらん。早く犯人を挙げてくれればいい」

「要に期待しろ」

「端からそのつもりだ」

「四方春男はどうしてる」

「さあな」

「要の邪魔はさせるなよ」

「よっぽど気にいってるんだな」

「俺にそっちの趣味はねえ。けど、あいつは不器用が似合ってる」

「それは、言えてる」

八田の顔がほころんだ。

つられて、鹿取も薄く笑った。

6

突風が吹くたびにカラカラと音を立て、銀杏《いちょう》の葉がころがる。
経堂駅にほど近い八幡宮《はちまんぐう》の境内は黄金色に染まっていた。
四方春男は、鳥居の柱の傍らで、石畳の先の葬祭場を見つめていた。
色あざやかな花が飾られ、白米や野菜に果物、生魚も供えられている。
これまで多くの葬儀を見たが、神式の葬祭は初めてだ。
葬祭場には三、四十の椅子がならび、すでに半分が礼服を着た人で埋まっている。
「よう」
声をかけられ、視線をふった。
スーツにネクタイ姿の田口雅之が笑みをうかべる。
社務所のとなりの控室に移った。
三組の男女が離れて座り、ひそひそと話をしていた。
四方と田口は、窓際の長椅子に腰をおろした。
時刻は一時半。葬祭の開始まで三十分ある。
四方は、窓のそとを見ながら話しかけた。

「何人くらい来るのかな」

「平日だからな。それでも柏木夫婦と縁のある人が二、三百人は来るだろう」

「学校関係者は」

「先生や生徒はきのうの通夜に参列したそうだ」

話しているあいだに、石畳を歩く人の姿が増えてきた。

三人連れの男たちが鳥居をくぐったとき、田口が小声で言った。

「真ん中の男が国交省審議官の梅原《うめはら》だ。次官候補の筆頭で、やつの右にいるのは総務省の情報通信政策局の若林《わかばやし》……」

田口が説明をやめた。

ほとんど同時に、控室の入口から野太い声がした。

「よう田口君、きてたのか」

四方が視線をむけたときはもう、田口は立ちあがって足を運びかけていた。

「中里《なかざと》先生、きょうは先約があったのでは」

「キャンセルしたよ。柏木君にはいろいろとおせわになってるからね」

だれを意識しているのか、中里が愛想をふりまきながら応じた。

中里俊夫《としお》は民和党の中堅議員で、五年前の内閣改造の折は三十六歳の若さで内閣官房副長官を務め、次世代のホープと騒がれたことがある。

四方も腰をあげた。中里が衆議院選挙で初当選したさい取材をかけている。東洋新聞社の社会部に配属される前の一時期、政治部で民和党を担当していた。

「おお、君は、たしか、東洋新聞の四方君……」

「覚えていていただき恐縮です」

「元気か」

「はい。いまは夕刊さくらに出向しています」

「飛ばされたのか」

中里があっけらかんと言い、声にして笑った。

「何事も経験だ。このわたしだって、いまは冷飯を食わされてる」

「……………」

逃げるようにそとへでて、ついてきた田口に訊いた。

「おまえ、あの人のブレーンになったそうだな」

「知ってたのか」

「噂に聞いた」

「ブレーンというより、酒の相手だ。国会期間中は毎晩のように声がかかる」

「うらやましい」

「なら、政治部に異動させてもらえ」

「やめとく。べんちゃらもおためごかしも苦手なんだ」

「あいかわらずガキだな」

田口が視線を左右にやり、言葉をたした。

「駐車場へ移動しようぜ」

同意するしかなさそうだ。

境内は人であふれだした。すでに二百人はいる。

神社に隣接する駐車場も満杯状態で、駐車場と神社を結ぶ出入口には二、三十人のマスコミ関係者が群れていた。

そこをめだたぬようにぬけ、一般道の近くに停めてある車へむかった。

「この混雑を予想して車できたのか」

「そういうことだ」

四方は助手席に乗った。

途端、携帯電話が鳴った。

「はい、四方です」

《すみません》

消えいるような声が届いた。カメラマンの関根豊だ。

「なにを謝ってる。部長への報告、間違ってたのか」

《いえ。四方さんに相談もしないで、じかに……》
「俺の都合だ。俺のほうこそ、悪かった」
《とんでもない。息子さんは大丈夫ですか》
「ああ。それより、そっちはどうだ。事件と断定されたのか」
《この一両日中にも捜査本部が設置される模様です》
「トラックと運転手は特定できたのか」
《まだです》
「できるだけ早く、そっちに行けるようにする」
《それまで頑張ります》
「捜査に進展があれば連絡をくれ」
電話を切るや、運転席の田口が鋭い視線をむけた。
「なんの事件だ」
「岩手で取材をしてるさなかに交通事故がおきた」
そう前置きして、杉浦弁護士の交通事故死について簡潔に話した。
無言で聴いていた田口が口をひらく。
「住民運動と関係あるのか」
「わからん」

「警察はどうみてる」

「それを調べるために、カメラマンの関根が張りついてる」

「素人じゃないか」

「そうでもない。関根は元警察官だ。それに、岩手県警の捜査一課に友人がいる」

「ほう」

「一刻も早く倅の無実を証明しなきゃならん」

「ほんとうに行くのか」

「仕事だ」

「だれかに代わってもらえんのか」

「住民運動の詳細を知ってるのは俺だけだ」

「因果な稼業だよな」

「だから、女房に逃げられる」

かるい口調で言ったつもりだが、田口は眉根を寄せた。

「まさか、おまえのところも……」

「ちかごろ、ぎくしゃくしてる」

「原因はなんだ。仕事か、浮気がばれたか」

ぼんやりと女の顔がうかんだ。三年前に別れた女房なのか、何度も会っている田口の妻なのか、よくわからないまま、ほどなく消えた。

田口は学生結婚だった。東洋新聞社に入社してすぐに田口と親しくなり、自宅に招かれたときは一歳の娘がいた。そのとき、四方は君子を同伴した。田口の妻に、結婚をけしかけられたのを覚えている。

「永く一緒にいれば、いろんなことがおきるさ」

「そりゃそうだが……」

四方は言葉に詰った。

「いまの話、だれにも言うなよ」

「ああ」

田口が前方を指さした。

神社との出入口のほうから二人の男があらわれ、こっちのほうへむかってくる。

田口がハンドルに身を預けるような姿勢をとった。

「小柄なほうがデジタル放送の調査官、遠藤和生《えんどうかずお》だ。自分の上司と衛星放送会社とのパイプ役で、ノンキャリアだが仕事はできるらしい」

「遠藤……」

「知ってるのか」

「柏木との接点は」

「省は違うが、柏木の身内みたいなもんだ」

「おまえがさぐってる疑惑のなかにいる」

「そういうこと」

遠藤らが眼の前をとおりすぎ、左手に停まる黒い乗用車に乗り込んだ。

後部座席のドアが閉まる寸前、ひとりの少年がその車に駆け寄った。

窓ごしに話をはじめる。相手は遠藤だった。

「あっ」

四方は思わず声をもらした。

きのう、北沢署近くのファミリーレストランで八田に聴いた名前を思いだした。聖人に暴行を加えた柏木淳の仲間二人のうちのひとりだ。

「どうした」

「たしかめたいことができた」

四方はドアをあけた。

「まて。こっちはどうするんだ」

「悪い。あとで話を聴く」

四方は、四、五メートルの距離を保ち、制服を着た少年のあとを追った。

経堂駅とは反対方向に歩いている。

幅のひろい道路にでたところで、距離を詰め、声をかけた。

「遠藤君」

少年が足を止め、ふり返る。

四方は、さらに接近した。

「優智学園の遠藤克也《かつや》君だな」

「そうだけど、おじさんは」

「四方聖人の父親だ」

「あっ」

克也があわてて踵《きびす》を返した。

四方は、克也の腕をつかんだ。

「なにするんだよ」

「話がある」

「お、俺はなにも知らない。はなしてよ」

「そうはいかん。俺の倅が警察にうたがわれてるんだ」

「そ、そんなこと、知るもんか」

「俺と話さないのなら、おまえの学校へ連れてゆく。そこで、おまえら三人が倅を殴り、恐喝したことをぶちまける」

「きたないよ」

「きたないのはどっちだ」

克也が唇をかんだ。口では突っ張っているが、動揺しているのはあきらかだ。にきびのめだつ頬は小刻みにふるえている。

四方は、周囲に視線をめぐらせ、克也の腕をとったまま歩きだした。

昼中の住宅街は人影もまばらで閑散としている。

むかった先の馬事公苑《ばじこうえん》はもっと静かで寒々とした光景がひろがっていた。

遠く、柵のなかではサラブレッドが障害競技の訓練をしているが、観客はいない。

四方は、枯れかけた芝の上に胡座をかき、克也に缶コーヒーを手渡した。

ここへ来る道すがら観念したのか、四方が職業を名乗ったことで安心したのか、あるいは、危害を加えられないと思ったのか、おなじように胡座をかいた。

「葬式に行ったのか」

「うん」

「学校の仲間たちは」

「きのう、クラス全員で通夜に……学校の先生に、マスコミの人たちに囲まれる恐れがあるので葬式には行くなって言われたけど、早退したんだ」

「いいとこあるじゃないか」

克也がぎこちなく頬を弛めた。

「おじさん」

「ん」

「ごめん」

「俺にじゃなく、倅に謝れよ」

「そうする」

「どうして暴行したんだ」

「仕方なかったんだ。淳君に付き合えって言われて……」

「人のせいにするな」

「……」

「もうひとり、一緒に行動した松浪浩二《まつなみこうじ》とかいう子はどうなんだ」

「あいつは淳君のくっつき虫で、なんでも言いなりになってた」

「おまえは違うのか」

「違う」

語気がとがり、克也がいどむような視線をくれた。

四方は、その背景に気持ちがむきかけたけれど、話を戻した。

「なんで、倅を殴った」

「あれは、淳君がいきがって……はじめは、三人でおどすという約束だったんだけど、聖人君が強気にはねつけて……それで、淳君も格好がつかなくなったんだと思う。聖人君が立ちさろうとして背をむけた瞬間、淳君がわめきながら木刀で殴りかかったんだ」

「おまえと松浪はどうした」

「俺は、淳君をうしろから抱きかかえた。でも、淳君が暴れて、松浪に、倒れた聖人君を押さえつけろって命令して……」

克也が言いよどみ、顎をあげた。

朝から鼠《ねずみ》色の雲がたれこめている。雨が降りそうで降らないうっとうしい天気だ。

四方は、克也の顔を見つめた。

なにかを必死で堪えているように感じた。

一分はすぎたか。克也が雲にむかって息を飛ばしたあと、視線を戻した。

「おまえも殴れって、木刀を渡された」

「それで」

「殴ったよ。でも、そのせいで淳君がよけい腹を立てて……」

「つまり、おまえは手加減した」

「そう」

「恐喝のほうはどうなんだ」

「淳君が殺された日の昼間、電話で聴いた」

「原因は水島友里恵か」

「うん」

「聖人があらわれる前、淳と友里恵は付き合っていたのか」

「それはないよ。友里恵を好きな男は何人もいて、淳君はそのうちのひとりさ。淳君、優智のアイドルをほかの学校の子にとられてたまるかって言ってたもん」

「暴行は、はずみか」

四方は、己に言い聞かせるようにつぶやいた。

「恐喝も……五十万てふっかければ、あきらめるだろうって。淳君はカネ持ちの子で、父親のゴールドカードを持ち歩いてた。おカネがほしくてやったんじゃないよ」

「かばってるのか」

克也が顔を左右にふる。

「俺、淳君は嫌いだったけど、死んじゃったし……」

嫌いなのにどうしてつるんで遊んでいたんだ。

その言葉は胸中に留めた。

なんとなくわかるような気がする。

しかし、おぼろに見える背景に対しては無性に腹が立っている。

四方は、ふと思いついたことを口にした。

「おとうさん、好きか」

「えっ」

「さっき、駐車場で、おまえはうれしそうに父親と話してた」

「見てたの」

克也がはずかしそうに笑った。

「一緒にゲームしてくれるし、キャッチボールの相手もしてくれる」

「いい親父じゃないか」

「月に一回あるかないかだけどね」

「俺は一度もない。自慢することじゃないが」

「朝ごはんは」

「めったにない。きのう、ひさしぶりに食べたよ」

「俺は、おとうさんが家にいるときは毎日。あわただしくて、ろくに話もしないけど」

四方は言葉を返せなかった。

「そろそろ……塾があるんだ」

「もうひとつおしえてくれ。おまえらのほかに友だちは」

「俺と松浪のほかにもうひとり、友だちじゃないけど……淳君ちのお手伝いさん。と言っても、親戚の人らしくて、仲がよかったよ」

「その人を知ってるのか」

「うん。何度も遊びに行ってたから」

「いくつくらいの人だ」

「二十歳だったかな。きれいな人で、淳君はなんでも相談できるって言ってた」

「その人、葬儀場にいたか」

「そういえば見なかった。留守番でもしてるんじゃない」

四方は、とっさに時計を見た。午後三時になるところだ。

「おじさんち、どこ」

「ん」

「聖人君に会って謝る」

四方は、名刺の裏に略図を描き、克也に手渡した。

気が急《せ》いていて、乱雑な地図になってしまった。


ひらめきは、ずばり的中した。

柏木家の門前にあらわれたのは、愛くるしい顔の女であった。全体にふっくらした印象を受けるが、ミニスカートからのぞく脚はすらりと長い。葬儀を意識してか、セーターもスカートも黒だが、着こなしにセンスのよさを感じる。

女が眼をぱちくりさせた。

「どちらさまでしょうか」

「新聞社の者です」

四方は名刺を渡した。

柏木悦郎のマスコミ嫌いは承知しているけれど、ごまかすつもりはない。

女の顔から笑みが消えた。それでも邪険にするそぶりは見せなかった。

「短い時間でかまいません。お話を伺わせてください」

「どんなこと」

くだけた口調になった。

四方は内心ほっとした。そのおかげで直球勝負にでられた。

「淳君の部屋を見せてもらえませんか」

「それは……」

ためらいの声に金属音が重なった。

女がポケットの携帯電話を手にとり、うしろをむいた。

二言三言話し、顔を戻す。

四方は訴えるようなまなざしで話しかけた。

「じつは、倅が容疑者扱いされてる」

「まあ」

「淳君に聴いていないだろうか。四方聖人というのだが」

まるい眼から瞳がこぼれそうになった。

「知ってるんだね」

「えっ、ええ」

「頼む。このとおりだ」

四方は、深々と腰を折った。

「いま、淳の姉の貴子ちゃんから電話があって、葬儀がおわったと」

「火葬場へ行くんだろう」

「親戚の何人かは帰ってくるみたい。精進落ちの準備があるから」

「ちょっとだけでいいんだ。倅の話で確認したいことがある」

「強引なのね」

不満にはほど遠い口調だった。

「君に迷惑はかけない。家の人が戻ってくる前に退散する」

「わかったわ」

女が庭にむかって歩きだした。

母屋の左手、庭を横切った先に離れ家があった。

なかに入った。玄関の左に簡易なキッチン、右にはバスとトイレがある。ガラス戸のむこうはリビングで、その奥が寝室になっている。

ひととおり検分し、リビングに立った。

「君の名は」

「天野真子。天の野原に、真実の子」

すらすらと応えた。

「柏木家とは親戚なんだって」

「おじさんの遠い親戚なの」

「淳君とは仲がよかったそうだね」

「まあね。一応、家庭教師もしていたし」

「へえ」

「ことし短大を卒業したんだけど、いい就職先が見つからなくて……おじさんに頼まれたの。わたしにとってもありがたかった。おこづかいも増えるしね」

「住み込みなのか」

「近くにアパートを借りてる」

「淳君はどんな子だった」

「ひと言で言えばわがままね。まあ、おカネ持ちのひとり息子はそんなものだと思うけど……でも、乱暴な子じゃなかった。礼儀正しいところもあったし」

「だが、俺の倅は淳君に殴られた」

「えっ」

「淳君に聴かなかったのか」

「ええ」

「でも、倅の名は知ってた」

「ライバルがあらわれたって」

「ほかには」

「よその学校の子になめられてたまるかって、すごくカッカしてた」

「どう応えた」

「どうって……」

「なんでも相談されてたんだろう」

「そこまでは……淳君が乱暴したって、ほんとなの」

「ほんとうだ。淳君の友だちも証言してる」

「感情のコントロールがへたなのよ。勉強をおしえていても、気がのらなくなると、すぐにあきちゃうし……頭はいいのにもったいないって、いつも思ってた」

「家族と一緒に別荘へ行かなかったのも気まぐれかな」

「あら」

「どうした」

「家族が別荘へ行ってたなんて報道されなかったと思うけど」

「書かなかっただけさ」

「被害者への配慮ってわけ」

「むずかしいこと言うんだな」

「わたし、推理作家をめざしてるの」

眼が弧になった。

表情が豊かな娘だ。どの表情にも、ちょっとした仕種にも小悪魔的な雰囲気がある。

「俺は格好の素材になるわけか」

「そう」

今度は白い歯を見せた。

「これ」

四方は、傍らのテーブルを指さした。クリスタルの灰皿がある。

「淳君が使ってたのか」

「わたしよ」

「君は出入りが自由だったわけか」

「当然でしょ。土日以外は毎日お掃除してたもの。そのときと、勉強をおしえるときが喫煙タイム。母屋では喫えないの」

そとで車の音がして、クラクションが鳴った。

「大変。もう帰ってきちゃった」

「また会えるかな」

「ええ。電話するね」

玄関をでると、真子は庭へ駆けだした。

7

きのうとおなじ喫茶店のおなじ席で、おなじ女と向き合った。

昼すぎ、教師の沖純子から電話があり、会う約束をした。

三係の若手からの連絡によれば、きょう執り行なわれた柏木淳の葬儀に参列した学校関係者は学園理事長と中等部の教頭の二名だけだったらしい。

「あなたが言うとおりでした」

純子は不安顔を見せながらも、きっぱりした口調で言った。

「友里恵と話したんだな」

「ええ。おとといの祝日は午後二時から、きのうは学校をでてすぐ……どちらも二時間あまり北沢署で事情を訊かれたそうです」

「どんな内容だった」

「あなたは知らないのですか」

「そんなもんだ」

純子があきれ顔を見せ、言葉をたした。

「柏木淳君と、区立第八中学校の四方聖人君との関係……どの程度の仲だったのか、しつこく訊かれたそうです。そのあとで、聖人君が淳君に暴行された事実を知っていたか、聖人君から相談されなかったか……二日ともおなじ質問をくり返されたと」

鹿取は首をかしげた。

「なにか」

「ほかには」

「ほかにって、どういうこと」

「淳の死亡推定時刻の、友里恵の行動」

「えっ」

純子が眼も口もまるくした。

「容疑者のひとりでなきゃ、十五歳の娘を取調室にいれたりせん」

「取調室……そんな話、聴かなかったわ」

声が上擦った。

「初動捜査の段階では、動機のある者は全員、容疑者だ」

「そんな……あの子にかぎって……」

「少年犯罪がおきるたびに、耳にする台詞だな」

「でも、ありえません」

「いずれわかる。それより、職員会議にかけたのか」

「わたしが友里恵君と話をする前に、警察の方が学校を訪ねてこられたようで、友里恵君に事情を訊いたこと、これから先も、ほかの生徒も含め事情を訊くかもしれないので協力をお願いしたいと要請があったそうです」

「それなら俺に会う必要もないだろう」

「警察が捜査状況をおしえてくれるとは思えないわ」

「それだけか」

「どういう意味ですか」

「友里恵の事件への関与の有無を心配してる。だから、さっき激しく動揺した」

「そのとおりです」

「友里恵の話で気になることがあったのか」

純子が顔を左右にふる。

「でも、きのうあなたと別れたあと、自宅に帰って思いだしたことがあるの」

「……」

「三年C組の担任になってまもなく、生徒の家を訪問したのです。淳君の家ではご両親とお話ができて……そのとき、淳君のおとうさんは、息子の同級生には、仕事で付き合いのある人の子息が二人いると」

「そのひとりが友里恵なのか」

「ええ。そのことを思いだして、けさ、生徒名簿を確認したの。友里恵君のおとうさんはエキサイト・チャンネルという会社を経営しています」

「衛星放送の大手だな。しかし、それくらいのことで……」

「もうひとりも今回の事件にかかわってるのよ」

「なんと。名前は」

「遠藤克也君」

「聖人を殴ったひとりだな」

「そう。だから、とても不安になって」

「克也の父親の職業は」

「総務省のお役人よ。去年までは郵政省にいた」

「そっちはつながるな」

「えっ」

「衛星放送は郵政省が所管していた。部署はわかるか」

純子がバッグから手帳をとりだした。

「情報通信政策局の調査官」

鹿取は眉をひそめた。

つながるどころではない。切っても切れぬ仲である。

しかし、それが経堂の殺人事件にどう結びつくのか。

運命の悪戯で片づけるつもりはないけれど、あまりにも突飛というか、漠然としすぎていて、連想する気にはなれない。被害者の父親の柏木悦郎と総務省の遠藤克也の父親との関係、柏木と友里恵の父親との関係はまったくの白紙なのだ。

鹿取は、話を前に進めた。

「そのことを……つまり、父親どうしが知り合いなのを、友里恵に訊いたのか」

「いえ。まずはあなたに相談しようと思って」

「だれにもしゃべるな」

「やっぱり、なにかあるのね」

「そうじゃないが、捜査にも学校にもよけいな混乱を招きかねない」

「でも、今回の事件に、生徒ばかりか、その父兄もかかわっているとしたら……」

「気の強そうな顔をして、心配性なんだな」

「不安になって当然だわ。うちの生徒が殺されただけでもショックなのよ」

「いまの話、俺にまかせろ。調べて、あんたにおしえる」

「ほんとうですね」

「頼ったのなら、最後まで頼れよ」

純子がじっと見つめ、やがて、薄く笑った。

「ところで、淳はどんな子だった」

「きのうの生徒たちに聴いたのでしょ」

「あんたからも聴きたい」

「ちょっと生意気というか、横柄な一面もあるけど、問題児ではなかったわ」

「両親はどうだ」

「家庭や教育にきちんとした考えを持たれているように感じたわ」

「息子のことをどう言ってた」

「放任主義で育てたので根気がたりないような気がするけど、そのうちに自覚するだろうって……わたし、淳君の成績がさがり続けていたのが気がかりで訊いたのに、ご両親とも深刻にはとらえられてなかった」

「血統を信じてるのかもしれん」

「血統だなんて……そんなので成績はよくなりません」

「ばかでも血統がよくてカネがあれば、苦労せずに生きられる」

　純子のきれいな歯が光った。

　鹿取は河岸《かし》を替えたくなった。

　そとにでたところで携帯電話が鳴った。

《児島です》

「なんだ」

　ぶっきらぼうに返した。いやな予感がする。

《夜の会議にでてください》

「俺はいそがしい。あとでおまえに聴く」

《自分はでられなくなりました。なので、お願いします》

　二言三言交わして電話をきった。

　となりで純子がほほえんでいる。

「残念だ」

「お食事、また誘ってください」

「悪いな。代りに、家まで送らせてくれ」

「豪徳寺だけど、いいの」

「どんぴしゃりだ。俺は、そのひとつ先の梅丘に用ができた」

「ほんと」

純子が流し眼で睨んだ。


北沢署の会議室には捜査員の半分ほどが集まっている。雛壇はすべて空席で、北沢署の捜査一係の連中が陣取る中央の席もぽっかり空いている。

午後七時から始まる捜査会議を前に、それぞれが作戦を練っているのだろう。

鹿取は指定席の最後列の窓際に腰をおろした。

前の列にいた同僚の倉田が席を立ち、となりに移ってきた。

「悪かったな」

「ん」

「小娘を押しつけて」

「あれはタコ坊主らに攫われた」

「聴いてないぞ、そんな話。きのうの会議でも報告がなかった」

「いちいち俺らよそ者に言うもんか」

「くそっ。なめてやがる」

倉田が憎々しそうに吐き捨てた。児島に負けず劣らず、倉田も血が熱い。熱いけれど、すぐ冷める。そのへんが若い児島と違って年季を感じる。

前列の野村がふり返った。児島とコンビをくむ巡査部長だ。

「児島先輩はこないのですか」

「知るか」

「またぼくに内緒で単独捜査を……」

「坊やはてめえの仕事に励んでろ」

野村が頬をふくらませた。乱暴な口調に怒ったのではない。鹿取の口の悪さは三係のだれもが閉口し、いまはもうなれたらしい。野村は坊やと呼ばれるのが不愉快なのだ。

「さっき、うちの係長に怒鳴られましたよ。おまえら、やる気があるのかって」

「なんて応えた」

「文句は主任らに言ってください」

「それでいい」

「でも、ここの連中に主導権をとられっぱなしでは三係の面目が……」

「そんな面目、捨ててしまえ。クソの役にも立たん」

野村が口をとがらせたとき、話題の連中がひとかたまりにやってきた。

ほどなくして、幹部連中が一列に入場する。まるで、カルガモの行進だ。

雛壇の中央には北沢署の署長が座った。三十一歳の警察官僚である。二日目以降は姿を見せない警視庁の捜査一課長の代役のようなもので、発言はほとんどない。

実質的に捜査の指揮を執る警視庁捜査一課の西村理事官が署長の右へ、捜査会議での進行役を務める北沢署の本多刑事課長が左にならんだ。

本多が声を発した。

「会議をはじめる。まずは、葬儀場の様子を報告してくれ」

前方の男が立ちあがる。北沢署の主任刑事だ。

「参列者は二百七十八名。約七割は、被害者の父親、柏木悦郎の関係者と思われます。残りが母親の縁故、知人で、学校関係者は通夜に参列したこともあり、優智学園理事長と中等部教頭の二名。四方聖人と水島友里恵は姿を見せませんでした」

「ほかの事件関係者は」

「手元に配った、記帳者リストには載っていませんが、四方聖人の父親、春男がきていました。春男は葬儀の前に弔礼したあと、東洋新聞社の政治部記者の田口雅之と二人で参列者を観察しているふうに見えました。事件関係者でいえば、もうひとり、被害者とおなじクラスの遠藤克也を視認しています」

「学校の方針で、生徒は本葬に参列しないことになったのではないのか」

「おそらく、早退し、独断で参列したものと思われます。克也は記帳せず、遺影にむかって黙禱《もくとう》したあと、駐車場で父親の遠藤和生と話をしていました。そのとき、近くに四方春男がいて、四方は克也のあとを追うように歩いて行きました。以上です」

「まてよ」

倉田が声を荒らげた。

主任刑事が首をまわした。ほかの捜査員も一斉に倉田に視線をむけた。

倉田はひるまない。

「なにが以上だ。そこから先が肝心じゃないか」

「俺の敷鑑班は葬儀場内の監視と観察を担当してた」

「ガキの使いみたいなことをぬかすな。事件関係者の二人が同時にさったんだろう。そっちを追うのが捜査の常識だぜ」

「説教はそちらの若手に言ってくれ。駐車場には二人もいたんだ」

「なんだと」

倉田が眼の玉をひんむいた。

野村と内田が同時にふりむく。二人とも顔が引きつっている。

倉田が野村の頭を張った。

「気づかなかったのか」

「すみません。自分らは神社と駐車場の出入口付近にいて……ひと声かけてくれれば、ただちにあとを追ったのですが」

「言訳なんざ、みっともないぞ」

だみ声が響いた。北沢署の上野刑事だ。

すかさず、倉田が応戦する。

「てめえはすっ込んでろ」

「なにっ」

立ちあがろうとする上野を、理事官の西村が制した。

「内輪もめしてる場合か。三係でこれから二人にあたってこい」

倉田が野村と内田に命じた。

「よし。つぎにいくぞ」

西村が仕切りなおしの声を張りあげた。

あとを本多が受ける。

「上野。被害者の交友関係に遠藤克也と松浪浩二以外の人物はいたか」

「いえ」

「そんなばかなことがあるか。十五歳の少年なんだぞ」

「いまどき、友だちがひとりもいないガキだってめずらしくありません」

「おまえ、四方聖人に執着しすぎてるんじゃないのか」

「最有力容疑者です。死亡推定時刻の範囲内に現場にいた。しっかりした動機もある。複数の目撃者の証言もある」

「三日連続の事情聴取でも自供してない」

「手心を加えないでよければ、すぐにでも落としますよ」

「ばかなことを言うな。三日連続、それも署に呼んでの長時間におよぶ聴取で、マスコミ連中がざわめきだしているんだ」

「おまけに、新聞記者の息子ときてる」

「皮肉か」

「あんまり、俺らに足枷《あしかせ》をせんでください」

「おまえらが自供をひきだし、ウラをとれば好きにさせる。それまでは慎重に対応しろと言ってるんだ」

となりの倉田に小声でささやかれた。

「やけにおとなしいな」

「相手にするだけ疲れる」

「おまえ、なにを追ってる」

「いい女だ」

「冗談だろう」

「どうかな」

「要はなにをしてる」

「知らん。あとで連絡するそうだ」

「俺をのけ者にするなよ。こうして、体を張っておまえらを護ってるんだ」

「感謝してる。あたりがつけば一緒にやる」

「こらっ。私語はつつしめ」

西村の怒声が飛んできた。

雛壇の端にいる三係の稲垣係長が西村の許可を得て、上野を名指しした。

「おまえ、うちの担当だった水島友里恵に訊問をかけたそうだな」

「聖人の証言のウラをとるためですよ」

「どんなウラだ」

「おととい、友里恵に事情を訊いた倉田さんの報告によれば、犯行時刻の水島友里恵の行動があいまいです」

友里恵はその時刻、自宅にいたと証言している。家族は外出しており、家政婦が夕食の準備をおえて、家をでるさいに友里恵に声をかけた。それが午後六時すぎで、それ以降、午後九時に両親が帰宅するまで友里恵を目撃した者はいない。

柏木淳の死亡推定時刻は午後七時から同八時まで。さらに絞れば、四方聖人が柏木家の近くで目撃された七時十五分前後までとなる。声紋鑑定で、一一〇番通報したのは聖人とほぼ断定されているので、それ以降の犯行の可能性は低い。

水島友里恵の自宅は成城にある。小田急線でいえば、経堂駅から、千歳船橋駅、祖師ヶ谷大蔵駅を経て、成城学園前駅となり、経堂駅・成城学園前駅間は約九分を要する。成城学園前駅から水島の自宅まで徒歩八分。経堂駅から柏木家まで徒歩七分。電車の待ち時間を考慮しても、六時半までに自宅をでれば犯行時刻に間に合う。タクシーを利用すればその時間はさらに短縮可能だ。

しかし、聴取を担当した倉田の印象は白だった。

事情聴取のなかほどで、四方聖人に殺人の嫌疑がかかっているとおしえられたときの、友里恵の反応は尋常ではなかったらしい。顔は見る見る青ざめ、体が左右にゆれ、しばらくすると、必死の形相で聖人の無実を訴えたそうだ。

係長が突っ込む。

「友里恵のアリバイが不確実なことが、聖人の証言のウラとりにどう結びつく」

「四方聖人の嫌疑は濃厚ですが、一一〇番通報の声音が気になってる。殺人《コロシ》をやった直後とは思えないほどおちついているように感じられる」

「言ってることがちぐはぐだぞ」

「共犯者がいれば、それも、用意周到に準備していれば、動揺はおさえられるかと」

「なにっ。友里恵が共犯だと言いたいのか」

「あくまで可能性の話ですよ。被害者の部屋に三人がいたのなら、被害者に油断があったとも考えられる。現場には争った痕跡がありませんでしたからね」

「で、友里恵への再聴取の感触はどうだったんだ」

「残念ながら……」

「四方聖人に、友里恵との共犯説を話したのか」

「それとなくにおわせましたが、感づいてくれなかった」

稲垣がなおもなにかを言いかけたが、西村が眼で制した。

「上野。無茶はするな」

「可能性があるかぎり、追及の手は弛めません。友里恵とおなじ体格の婦警に凶器で実験してもらい、女でも充分に殺害可能とわかりました」

「だれがそんなことを許可した」

「やるべきことはすべてやるのが刑事の使命です」

「講釈はいい。四方聖人も水島友里恵も未成年なのだ。その点については充分に留意して捜査するように。わかったか」

「はいはい」

上野が横柄に応じても、西村は相手にせず、遠くに声をかけた。

「おい、鹿取、やけにおとなしいじゃないか。今回はお手あげか。やる気なしか」

「犯人は三係で挙げる」

「ほう。得意の別線捜査か。的はだれだ」

「いれば、こんなところで油を売っちゃいない」

「くだらん。訊いた俺がばかだった」

西村が視線を移し、合図を受けた本多がふたたび立ちあがった。

「現時点での容疑者は四方聖人の一名。ただし、きめつけるな。捜査体制と方針はこれまでどおり。視野をひろく維持して、捜査にあたれ。水島友里恵の関与についてはくれぐれも慎重な捜査を求める。本日は以上だ」

四日目の夜の捜査会議は一時間半を費やして終了した。


午後九時すぎ、中野新橋の食事処・円についたときはすでに、児島要は食事をおえ、満足の顔で煙草をふかしていた。

座卓には数種類の器があるが、ほとんどは空である。

捜査一課の者は大食漢が多いけれど、児島の食欲は群をぬいていて、しかも、むごい死体を見た直後でも血の滴るステーキを平気な顔で食べる。

鹿取は、座るなり、酒をあおった。鹿取も食欲は人なみにあるが、酒を楽しみながら食べるくちなので、量よりも品数の多いほうがいい。

児島が話しかける。

「会議はどうでした」

「タコ坊主のワンマンショーだ。被疑者の一番手は四方聖人で変わりなし。つぎに、アリバイが不明確な水島友里恵。三も四もなしで、おまけに、あのタコ坊主め、聖人の供述のウラをとるとの理由で友里恵も自分らの手におさめやがった」

「倉田さん、カンカンでしょう」

「そうでもない」

「鹿取さんは、もめたのですか」

「寝てた」

「そう言わずに、会議の内容をおしえてください」

鹿取は、かなりの部分を端折って、捜査会議の顚末《てんまつ》を話した。

「進展なしということですね」

「がっかりしたか」

「いえ。予想どおりです。友里恵の友だちはどうでした」

また説明させられた。

今度は児島の反応が違った。途中から眼が輝きだした。沖純子の件のさなかだ。我慢していたのか、話しおえるや、ぐいと身を乗りだした。

「まさか、偶然で済ませる気じゃないでしょうね」

「柏木と、遠藤、水島の父親どうしのことか」

「そうです」

「偶然で済ませるもなにも……三人がただの顔見知りではなく、なんらかの利権でつながっているとしても、それがガキの殺人に結びつくとは思えん」

「しかし、現状ではゼロとは断定できません」

児島の口調にも、瞳にも熱がこもった。

鹿取は、はっとした。

「おまえ、だれと会ってたんだ」

「柏木悦郎です」

「きょうは葬儀だったろう」

「ええ。でも、本人からの電話で、あしたの面談の予定をきょうの夜七時に変更してほしいと要望がありました」

「理由は」

「あすから仕事に復帰することになったらしく、処理しなければいけない事案が山積みなので雑用は早く済ませたいとのことでした」

「雑用……そう言ったのか」

「はい」

鹿取は盃を飲みほした。不愉快にかまってはいられない。すでに、児島の全身から放射される熱におかされかけている。

「で、どんな話になった」

「あの男、なにかありますよ」

児島がさらに瞳をきらめかせた。

そのとき、階段を踏むおおきな足音が聞こえてきた。

ふりむいた児島が、あっ、と声をもらした。

「ようっ」

八田忠成があかるいひと声を発し、児島のとなりにどっかと胡座をかく。

児島が驚きを隠せない。

「ど、どうして、ここに」

「捜査の協力を要請された」

「ええっ。もしや、鹿取さんに……」

「ほかに、この俺を顎で使うやつはおらん。俺は、鹿取の情報屋だ」

「冗談でしょう」

児島の声は上擦ったままだ。

そこへ、女将の郁子があがってきた。一面の笑顔だ。

「八田さん、おひさしぶり」

「あんた、まだこんなろくでなしを相手にしてるのか」

「はい」

声がはずんだ。

「なんと我慢強い。ひょっとして、郁子さんの前の男は、やくざ者か」

間髪容れず、児島が訊く。

「どうしてやくざ者なのです」

「やくざ者に惚《ほ》れる女は共通点がある。どうしようもないクズを、自分がなんとかしてやりたくなるんだ」

「ほんとうですか」

「ああ。俺は、何人ものやくざ者の情婦を見てる。男が刑務所にいるあいだは、どんなに男好きでも、アレ好きでも、情婦は操《みさお》を立てて、男の帰りをまつそうだ。もっとも、逃げる女もいるにはいるが、これは相手がやくざ者以下の半チク野郎か、女が異質……というか、まともな気質だった場合だな」

「わたしがまともじゃないみたいですね」

郁子が楽しそうに茶化した。

鹿取は話に加わらなかった。己のあれこれについて語りたくない。

郁子がさると、鹿取は児島に視線をすえた。

「続きをはじめろ」

「でも、八田さんが」

「さっき本人が言ったろう。俺の情報屋で、協力者だ」

「わかりました」

児島が気持ちを鎮めるようにひと息つき、言葉をたした。

「面談は午後七時から一時間の約束で行ない、柏木家の母屋には親戚縁者が大勢いたらしく、被害者の離れを使いました」

「もう入れたのか」

「ええ。鑑識班の捜査の跡が生々しく残っていましたが、柏木は平気なようで……いきなり、まだ犯人を逮捕できないのかと怒鳴られましたよ」

「ん」

鹿取は顎を突きだした。

八田も首をかしげた。

「柏木は捜査状況を知ってるんだな」

「そのようです。四方聖人の名前こそ口にしなかったけれど、容疑者を取り調べているのではないかと……そうも言いました」

「どう応えた」

「はぐらかしましたよ。あとは定番どおりに、被害者の家庭内における言動と、トラブルの有無、悩みや相談事はなかったか……その返答もありきたりでした」

「なにかあると言った根拠は」

「遠藤親子との関係にふれたときの、柏木の反応が気になります」

「おまえ、柏木悦郎と遠藤克也の父親との関係をつかんでいたのか」

「きのう、鹿取さんと北沢署をでたあと、被害者と一緒に四方聖人を暴行した二人の実家を訪ねたのです。松浪浩二の家には本人と母親しかいなかったのですが、遠藤克也のほうは父親が居合わせて、父親同席で克也に話を聴いたあと、父親のほうから申し出があり、二人きりで話しました」

「そのとき、柏木悦郎の名前がでたんだな」

「ええ。父親の和生は、困惑していました。柏木悦郎にはとてもおせわになっていると……暴行の件に関しては、自分の息子が体を張ってやめさせるべきだったと思うが、そのことで息子を責める気にはなれないとも言いました」

「息子らが付き合っているのを、知ってたのだな」

「それどころか、息子に柏木淳と仲よくするよう言ったそうです」

「柏木悦郎がそう望んだのか。望んで、遠藤和生に頼んだのか」

「そのへんの事情は言葉を濁したので、さっき、柏木悦郎にぶつけたのです。すると、柏木は血相を変え、そんなこと、殺人の捜査に関係ないだろうって怒鳴り声をあげ、おかげで、面談は三十分も経たずにおわりました」

鹿取は、知らぬうちにくんでいた腕を解き、無言で手酌酒をやっていた八田に視線を移した。昨夜の八田とのやりとりが耳に残っている。

――過去はどうでもいい。現在進行形の疑惑はないか――

――いいだろう。協力する。ただし、すこし時間がほしい――

今夜はその報告を聴くためにここへ呼んだのだった。

「なあ、どう思う」

「柏木は息子の死を悲しむ余裕がないほどぴりぴりしてるんだろう」

「どういうことだ」

「うむ」

八田が、勢いをつけるかのように、グラス酒をあおった。

「まずは、柏木の家族の話をしておく。やつは女房の律子に頭があがらないそうだ。父親が資産家とはいえ、一地方都市の名士にすぎん。他方、律子の父親は、財界はもちろんのこと、政界にも多くの人脈を持つ企業人だ。律子をよく知る者の話によれば、亭主への愚痴や不満を平気で口にするらしい。ついでに、長女の貴子も母親似で、父親や学業成績の悪い弟をけなしまくっていたそうだ」

「ということは、父親と息子は仲がよかった」

児島の問いに、八田が首をふる。

「近所の人たちの話では、二人が一緒にいる姿を見たことがないらしい。逆に、父親と娘のツーショットは何度も目撃されていた」

「変じゃないですか。娘は父親をけなしていたのでしょ」

「やつらの世界には人間のブランドがあってな。悦郎にすれば、東大法学部の学生で、ルックスもファッションセンスもいい娘を連れて歩けば鼻が高い。娘の貴子にしても、エリート官僚の父親といれば自分の価値がさらに高まることくらい計算してる」

「息子は連れて歩く値打ちもない……」

「そういうことだ」

児島がうなだれた。

鹿取は声に苛立ちをこめた。

「前置きはおわりだ。柏木の疑惑について話せ」

八田が表情ひとつ変えずに応じる。

「省庁再編の前の、昨年秋にさかのぼる。当時、郵政省放送行政局の調査官だった遠藤和生の下を、衛星放送の大手会社の役員が陳情に訪れた。政府が進める地上デジタル化への危機意識がそうさせたのだろう。遠藤は、それを上司だけでなく、なにかとせわになっていた、運輸省海上技術安全局の柏木悦郎に相談を持ちかけた」

「利権をちらつかせたんだな」

「たぶん。公営ギャンブルの場外売場と衛星放送をセットにして、利権を独占しようってわけだ。当時の柏木は競艇を所管する立場にあった。悪知恵が働き、他の省庁にも顔がきく柏木なら、中央競馬を所管する農水省、競輪の通産省の、カネ儲けが好きな連中とも連携できると読んだのだろう」

「どうして公営ギャンブルなのです」

児島の疑問にも、八田は明瞭《めいりょう》に応えた。

「二〇一一年には、地上デジタル化が完了する。それによって、民放のチャンネル数が大幅に増えれば、公営ギャンブルのライブをほぼ独占中継している衛星放送会社も安閑とはしていられない。民放各社は製作コストが低い公営ギャンブルのライブ中継を狙うにきまってるからな。そうならないよう、衛星放送の大手が先手を打ち、民放が手を突っ込めない状況をつくってしまおうとした」

児島が顔をしかめ、ため息をついた。

「おまえが驚くことはまだあるぞ。その大手、エキサイト・チャンネルの社長は水島透《とおる》、水島友里恵の父親だ」

「ええっ」

「しかも、柏木悦郎と水島透は蜜月《みつげつ》の仲といわれてる。それを聴いてさらにさぐりをいれたところ、遠藤への陳情は、柏木の入れ知恵の可能性がでてきた」

「なんと。疑惑の本丸は柏木ですか」

「鹿取は知ってるが、柏木はこれまで何度も疑惑をとりざたされている」

「鹿取さん」

児島がすごい形相で鹿取を睨んだ。

「どうして黙っていたのですか」

「怒ることか。いまの話、俺も初耳なんだぜ」

児島が八田に訊く。

「その疑惑、地検特捜部は動いてないのですか」

「地検担当の者からはなにも聴いてない。ただ……」

「なんです」

「岩手で気になる事件がおきた」

八田は、岩手の過疎地での住民運動の経緯と、弁護士の交通事故死の話をした。

児島の体に熱が溜《た》まりすぎたのか、顔は真っ赤に染まってきた。

「殺人と断定されたのですか」

「その方向で捜査が進んでいる」

間を空けるかのように、八田がゆっくりと煙草を喫いつける。

鹿取は、表情のわずかな翳りを見逃さなかった。

「やっかいなことでもあるのか」

「まあな」

八田が紫煙を飛ばした。

「じつは、四方聖人の父親、春男が岩手の騒動を取材していた。そのさなかに、息子のことがあって帰ってきたんだ」

「でも……」

児島が口をはさんだ。

「岩手には行かないでしょう。ひとり息子の父親なんですよ」

「やつは行くな。夕刊さくらの報道部長もその気だ。部長とは縁があって、四方の息子をよろしく頼むと、頭をさげられた」

「それなら、自分も行きます」

「ばかなまねはやめろ。出張の名分がない。許可はでんぞ」

たしなめる鹿取に、八田が加担した。

「へたに動けば、霞が関の強烈な圧力がかかる」

「でも……」

「いいから、そっちは俺にまかせろ。状況は逐一、報告する」

児島が口をへし曲げた。

「ところで鹿取、捜査の今後の展開は」

「きょうの会議では、四方聖人を任意で引っ張ろうという強硬意見もでた。しかし、幹部たちに却下された。相手が十五歳の少年で、父親が新聞記者であることから、強硬手段が裏目にでたときのダメージを危惧《きぐ》しているんだ」

「三係はなにやってる」

「あんたの活躍しだいだな」

鹿取はあっけらかんと返し、郁子の名を呼んだ。

酒がまずくなってきた。

そうなれば、たらふく飯を食って、寝るにかぎる。

8

新東洋ビルの斜《はす》向かいに建つ高層ビルのなかに四方春男のオアシスがある。

三十二階のティールームからは東京駅の全景を見おろせる。

夜はバーラウンジに様変わりするので、残業や宿直の日は夕食後の一時を、暗夜に流れる列車の光の帯を眺めてすごす。

四方春男は、このみの席にむかった。

半円形のソファの背の上に、ぼうぼう髪の頭が見える。

それだけで東洋新聞社の八田忠成とわかる。

座るなり、八田が口をひらいた。

「聖人君の様子はどうだ」

「家のなかではいつもと変わらず、気丈にふるまっています」

「話してるのか」

「それがほとんど……父親失格ですね。こんなときでもそばにいてやれない」

「休暇をとるんじゃなかったのか」

「うちの鈴木部長に許可をもらったのですが、のんびりとはいかなくなりました」

「岩手の状況に変化があったのか」

八田とはきのうの夕刻に電話で話し、関根の報告をそのまま伝えた。

その関根から連絡があったのは一時間前のことである。

「けさ、例のトラックが発見されました。塗料の鑑定を急いでいるそうですが、目撃証言などから、杉浦弁護士が事故死した現場付近に停まっていたトラックに間違いないと判断したようです」

「車の所有者は」

「建設会社の資材置場に停めてあったものでした。ただし、会社の者は事故発生の前夜に盗まれたと証言し、その翌朝に盗難届がだされていました」

「意図的な殺人できまりか」

「きょうの夕方には、雫石《しずくいし》署に捜査本部が設置されるそうです」

「行くのか」

「ええ」

「捜査本部が立ちあがるとなれば、カメラマンの関根にまかせるわけにはいかんわな。しかし、聖人君の容疑は晴れていない。それまで、うちの若手を貸そうか」

「部長にも代わりを立てるかと打診されたけれど、ことわりました」

「根っからの記者《ブンヤ》だな」

「先輩ほどではありません」

「あたりまえだ。事件記者と結婚した俺とくらべるな」

八田が無精髭をうごめかした。

四方はすこしほっとした。八田の自慢げな笑顔にはいつも理由がある。

「経堂の事件、進展があったのですか」

「ない。昨夜、後輩の児島警部補と話したが、あいかわらず、被疑者の筆頭に聖人君がいる。二番手が水島友里恵で、三も四もないとのことだった」

「でも、八田さんは楽観してる」

「聖人君が殺人なんてやるわけない」

「それだけですか」

「ん」

「おしえてください。なにをつかんだのです」

「事件とのかかわりは薄いかもしれんが、気になることがある。衛星放送の会社と、総務省、農水省、国交省、経産省がつるんでの、利権疑惑だ」

「そのことなら、自分も聴きました」

「だれに。地検特捜部も警視庁も表立っては動いていないんだぞ」

「田口雅之をご存知ですか」

「うちの、政治部の田口か。名前は知ってる」

おなじ報道局の一員でも、記者は外出することが多いので、ほかの部署の者と接触する機会がすくない。まして八田は、己の職場を警視庁記者クラブと公言しており、めったに本社にあらわれないからなおさらである。

「田口はその疑惑を追ってるそうです」

「どこまで聴いた」

「地上デジタル化にからんでの省庁横断的な利権疑惑だとか。衛星放送の大手が旧郵政省に陳情したのが発端のようですが、その疑惑の中心人物は、現国交省の柏木海事局長、つまり、経堂の事件の被害者の父親だそうです」

「それだけか」

「どういう意味です」

「疑惑の中身について話したのか」

「さわり程度ですが……」

四方は記憶にあることをおしえた。

「柏木以外の、特定の人物の名前はでなかったのだな」

「ええ」

「そんなとびっきりのネタをどうしておまえに話したのだ」

「田口は自分と同期で、仲がよく、岩手の騒動を取材してるのを知っています。柏木が被害者の父親ということもあるのでしょう」

八田がいぶかしそうに無精髭をさすった。

「なにか」

「いや。それより、聖人君だ。もうしばらく東京にいたほうがよくはないか」

「どっちも中途半端になります。それに、鈴木部長には、経堂の事件には手をだすなと厳命されました。それで、八田さんにお願いしようと、電話したのです」

「まかせろ。で、岩手にはいつ行く」

「あすにでも」

「そのほうがいいのかもしれんな」

「霞が関の疑惑、経堂の事件に関係があると思ってるのですね」

「どうかな」

八田が重そうに腰をあげる。

一緒にそとにでた。

風が強くなっている。

大柄の八田がコートの襟を立てた。

「この分じゃ、岩手はもう冬だぞ。風邪ひくなよ」

四方は、まっすぐ職場に戻った。

「うわ、うれしか。東京で水炊きば食べれるとね」

柏木家のお手伝いの天野真子が博多弁を張りあげた。

「わたしが博多の出身だってこと、知ってたのね」

「俺も記者だ。事件の関係者の素性くらいは調べる」

「わたしが、事件の関係者……容疑者みたいね」

「よろこんでるのか」

「気分は悪くないよ」

「その好奇心にさそわれて、俺を訪ねてきたのか」

四方はさぐるように訊いた。

真子とは新東洋ビルの一階ロビーで偶然にあった。エレベータに乗ろうとしているときに声をかけられたのである。

「もちろんよ。きのうは夜おそくまで仕事をしたのでお休みをくれたの」

「それにしても、きのうのきょうなので、びっくりしたよ」

「あんなに質問されたんだもん。きょうは逆取材にきたの」

「捜査に進展なしだ」

「ということは、いまも息子さんは容疑者のひとりなのね」

「残念ながら」

「けっこうむずかしい事件なんだ」

話しながら、真子は菜箸を動かしていた。

沸騰する鍋から昆布をとりだし、博多地鶏をいれる。灰汁《あく》をすくい、ほかの具材を順番に落としていく。なれた手つきだ。

「君は、柏木家で料理もするのか」

「おばさんが留守のときはね。でも、甘辛いってよく叱《しか》られる。ガメ煮なんて薄味じゃおいしくないと思うんだけど」

福岡地方では筑前煮のことをガメ煮という。いまいる店は久留米市の郷土料理をだしており、水炊きとともに、ガメ煮や有明海産のムツゴロウが名物料理だ。

「それはそうと、俺が訪ねたこと、柏木家の人に話したのか」

「そんなことがばれたらクビよ。柏木のおじさんは大のマスコミ嫌いなんだもん」

柏木悦郎はこれまで何度もマスコミに追いまわされている。

「さあ、食べごろよ」

真子のひと言で会話はとぎれた。

ひと息ついたのち、話しかける。

「お客さん、多かったのか」

「二十人くらい。ほとんど、おばさんの身内だった」

「おじさんの関係者は」

「兄弟が二人だけ」

「職場の人はこなかったんだ」

「おじさんは、普段でも同僚や部下を自宅に招かないの」

「ところで、離れの鍵は淳君のほかにだれが持ってる」

「わたしよ。玄関と渡り廊下にでる鍵の二つとも預かってる」

「両親や娘は」

「持ってないと思う。淳君はね、家族に無断で入られるのをいやがってたの」

「家族と仲が悪かったのかな」

「あの歳の子はだれだってプライベートをのぞかれるのをいやがるわ。もっとも、仲がよくなかったのは事実で、殺された前日の夜も、淳君はおじさんと言い争ってた」

「どんなことで」

「よくはわからない。八時から勉強をおしえてたんだけど、十分も経たないうちにおじさんがきて、息子に話があるって……わたし、母屋に戻って帰る支度をしたあと、淳君に声をかけようと思って玄関に近づいたの。そのとき、おおきな声がしてさ」

「なんて言ってた」

「淳君が、きたないって。おじさんの、ばか野郎って声も」

「それで、君はどうした」

「そっと離れたわ」

「もしかして、その親子喧嘩が原因で淳君は別荘に行かなかったんじゃないか」

「さあ」

その直後のことか。

四方は、息子との会話を思いうかべた。

たしか、淳君からの脅迫の電話は事件の前夜にかかってきたと言ったように思う。

柏木悦郎は親子喧嘩のことを警察に話したのだろうか。

「鍵のことで、警察に追及されなかったか」

「それ、わたしをうたぐってるの」

「俺じゃない。警察だよ」

「鍵の話をしたら、アリバイを訊かれたわ。わたしが前の晩からお友だちの部屋に泊まってたって言うと、それ以上の質問はされなかった」

「事件を知ったのは」

「八時半ごろだったかな。おじさんから電話がかかってきたの」

真子がデザートの柿を食べてから顔を近づけた。

「新聞記者って、ずるいね」

「どうして」

「逆取材するために来たのに、また質問攻めにされちゃった」

「つぎは、なんでも応えるよ。旨い酒でも飲みながらね」

「きっとよ」

真子が声をはずませ、小指を突きだした。瞳はキラキラ輝いている。

こういう女を男たらしというのだろうな。

四方は、指きりをしながら、そんなふうに思った。


銀座で買物をして帰るという真子と別れ、大手町に戻った。

やることはたくさんある。

二週間分の記事原稿を書きあげ、資料室に移動した。

資料室は東洋新聞社との共用で、食堂やサロンとおなじ六階にある。

時刻は午後三時前。夕刊の〆切時刻のせいか、ひっそりとしている。

四方は、大型パソコンの前に座った。

新聞各社は、他企業に先駆けて、データのメモリチップ化をすすめてきた。自社の記事はもちろん、国内外の出来事を特殊なコンピュータ・システムに集積している。

まずは国交省の柏木悦郎と総務省の遠藤和生に関する情報を読んだ。

続いて、エキサイト・チャンネルを検索した。

日本における衛星放送の老舗であるエキサイト・チャンネルはほぼシェアを独占していたのだが、創業三年目に外資系のワールド・チャンネルが参入すると急激にシェアを減らし、昨年度のシェア占有率はエキサイト・チャンネルが四五パーセント、後発のワールド・チャンネルが三八パーセントと、両社の業績は拮抗《きつこう》している。

四方は、マウスの手を止め、画面を見つめた。

三年前の、週刊タイムの記事がある。

――エキサイト・チャンネルと郵政省との贈収賄疑惑浮上――

――地上デジタル化をめぐる利権か――

扇情的な見出しの割に、本文は憶測記事がめだった。情報提供者や疑惑の渦中にいると記された人物名はすべてイニシャルで、郵政省放送行政局のＥ氏が地検特捜部の事情聴取を受けたとの内容の文面は興味をそそられなかった。

しかし、イニシャル表記であっても、Ｅ氏が十中八九、遠藤和生とは推察できる。遠藤は、地上デジタル化を推進する旧郵政省内での実務の責任者だった。

田口や八田が話した疑惑は、このときからはじまっていたのではないか。

その疑念が胸のうちにひろまりだした。

唇を舐め、首をぐるりとまわし、画面をスクロールした。

人物の写真があらわれた。眼光鋭く、精悍《せいかん》な顔をしている。

「だれだ、そいつ」

声がした。

いつのまに来たのか、傍らに田口がいた。

「知らんのか」

「ん」

田口が腰を折る。

「エキサイト・チャンネルの社長か。若いころの写真だな」

「大学はおまえとおなじだ」

「知ってる。けど、五年先輩の四十三歳で、俺は文学部、やつは経済学部。知り合う環境にはなかった。それで、どうしてやつを……」

「おまえの情報のおかげだ。水島は岩手の事件に関係があるかもしれん」

「事件……弁護士の交通事故死が殺人と断定されたのか」

四方は腕時計を見た。

「まもなく、雫石署に捜査本部が設置される」

「合同場外売場の建設とつながりがあるのか」

「わからん。なので、俺がでむく」

「本気か」

「ああ」

「聖人君は無罪放免になったのだな」

「まだ最悪の状況が続いてる」

「いいのか、そんなときに東京を離れて」

「今夜、倅と話し合う」

「そうか」

田口が力なく言った。

「俺に、相談でもあるのか」

「そういうわけじゃないが、ひさしぶりにおまえと気晴らしがしたくなった」

「帰ったら連絡する。それまでには倅の嫌疑も晴れてるだろう。そしたら飲もう」

「わかった。楽しみにしてる」

田口が出口にむかう。

四方は、資料を手にし、あとに続いた。

田口の背がまるまって見えたが、声はかけなかった。

この前に二人で外食したのはいつだったか。

記憶をたぐっても思いだせないほどの月日が流れている。

事件発生から六日目のきょう、息子の聖人は四日連続の事情聴取をまぬがれた。

八田の情報によれば、聖人への嫌疑が晴れたわけではなく、某夕刊紙が聖人への事情聴取が連日行なわれていることを知り、北沢署に記事掲載の打診をしたために、急遽、午後五時からの聴取を中止した。強引な捜査手法が以前から問題視されていることもあって、さすがの上野刑事も幹部の恫喝《どうかつ》まがいの説得には折れたらしい。

いま、赤堤通沿いの中華料理店にいる。

四方は、紹興酒をひと口飲んで、聖人に話しかけた。

「悪いな。俺の手で助けてやれなくて」

「仕方ないよ」

聖人の顔色は悪くない。ときおり、笑顔も見せてくれる。

それがそのまま聖人の心中とは思わないけれど、救われた気分にはなれる。

「彼女はどうしてる」

「以前と変わりないよ」

「会ってるのか」

聖人が顔をふった。

その仕種がさみしそうに感じられた。

「でも、電話で話してる」

「事件のことをか」

「友里恵も容疑者のひとりみたいだからね。でも、そんな話ばかりじゃないよ。進学の話とか、高校受験に合格したら、旅行に行こうとか……」

「前向きなんだ」

「おとうさんと一緒だよ」

「はあ」

「あれはおととしの正月だったかな。おとうさんが離婚して、その数か月後に夕刊さくらに移ってすぐの正月に、田口のおじさんが遊びにきたの」

「覚えてる。俺はやけ酒をかっくらい、途中で寝てしまった」

「そう。そのとき、おじさんがおしえてくれたんだ。おとうさんは短気で、喧嘩っ早いけど、それは強い信念を持ってるからなんだと。納得いかないだろうし、腹も立ってると思うが、あいつは愚痴を言わない。瞬間湯沸かし器って渾名されてるのにここ一番では我慢できる。それは信念を持って、ひたすら前進してるからだって」

「あいつが、そんなことを……」

「ぼくは絶対にくじけない」

聖人が力強く言い放ち、料理を食べだした。

四方は黙った。前菜を肴に酒を飲み、聖人の食欲に安堵した。

「そうそう」

聖人が手を休め、顔をあげた。

「きのうさ、遠藤克也君と話したよ」

「家に来たのか」

「学校のそとで待ってくれてた。ぼくが警察に呼ばれてるのを知ってたみたい。おとうさん、克也君と話したんだってね」

「ああ。淳君の葬儀場で見かけてな」

「謝ってくれたよ」

「そうか」

「ちょっと気になってるんだ」

「なにを」

「ぼくが電話で恐喝された日、学校の帰りに淳君が遊びにきたんだって……なのに、三十分も経たないうちに、急に血相を変えて飛びだしたそうだよ」

「喧嘩したのか」

「そうじゃないみたい。克也君、わけがわかんなかったって。でも、ひとりになったときに、淳君がパソコンを見ていたのを思いだして、パソコンを調べたんだけど、おとうさんのパソコンなので気がひけてあんまし調べられなかったそうだよ」

「そのパソコンが気になってるのか」

「うん。友里恵にその話をしたら、一緒に克也君の家に行こうって。どう思う」

「遠藤の父親のパソコンなんだろう。あまり勧められないな」

「そっか」

返事を予測していたのか、聖人に落胆の様子は見えなかった。

四方は気になった。気になるけれど、息子に、やってみろ、とは言えない。

9

午後零時四十四分、四方春男は東北新幹線で盛岡駅についた。

関根豊が運転する車で玄武温泉へむかう。

枯れた田園地帯をすぎると、車はゆるやかな坂路をのぼり、谷川沿いの二車線道路を走った。川むこうは赤や青の樹木が生い茂り、上方には山々が連なっている。

「ここです」

関根が路肩に車を停めた。

おおきなカーブの中間点あたりだ。

四方はそとにでた。

川沿いのガードレールが一箇所、ひどく曲っている。

そのむこうをのぞいた。

急斜面の崖が二十メートルはあるだろうか。木立に隠れて川面はまばらに見える程度だが、眼下の斜面に草が倒れ、木の皮がむきだしになっているのは見てとれた。

関根が斜面を指さした。

「杉浦の車はここを滑りおち、あの先のおおきな木で止まったそうです」

「火は噴かなかったようだな」

「それがさいわいして、物証がでたのでしょう」

「問題のトラックはどこに停まっていたんだ」

「百メートルほど先の避難用のエリアに」

「トラックは杉浦の車を追い、猛スピードでぶつかった」

「そのようです。追突された車は反対車線にはみだしてガードレールに激突したあと、宙返りするような状態で落下し、斜面を滑りおちた」

突風が吹き、肌がぎゅっと引き締まる。

車に戻った。めざす旅館はさらに十分ほど進んだところにあった。

山間《やまあい》の温泉郷はひっそりと佇《たたず》んでいた。

旅館の門をくぐるなり、関根がまた指をさした。

「あそこです」

門と玄関のあいだは飛び石がならび、その左右には庭がある。

関根が指さした左の庭園はかなりひろい。芝を敷き詰めた庭に、細い路がある。

その先、樹木に隠れるようにして茅葺《かやぶき》の屋根がちらっと見えた。

「離れは三つあって、それぞれ本館と渡り廊下でつながっています」

「そのひとつに泊まってるのか」

「えっ、ええ」

関根の顔が強張った。

「きのうまでは盛岡のビジネスホテルに……」

「気にするな。仕事で来てるんだ」

「でも、けっこうな値段なので……」

言訳がましく聴こえる。

取材経費を気にしているのだ。新聞社はどこも経営が苦しい。というより、火の車である。経済バブルの崩壊以降、広告の量が大幅に減った。新聞社は何百万部売ろうと、広告収入がなければ成り立たない。その広告の料金は発行部数に左右されるので、部数の下落に歯止めのかからない現状では、人件費や取材経費を圧縮せざるをえない。

わかっていても、記者たちは上層部の締めつけを無視する。

「カネを使わずに記者の仕事ができるか」

「ぼくはカメラマンです」

「今回は臨時の記者だ。経費はすべて遊軍班でみる」

関根がふうっと息をぬいた。

離れ家はゆったりした空間の二間で、手前の部屋の真ん中に囲炉裏がある。奥の八畳間には座卓が置かれ、縁側のむこうに、灯籠《とうろう》が見える。

四方は、囲炉裏のそばに胡座をかいた。じわっと神経が和んでいく。

低くゆれる炎の先から声がとどいた。

「出入口は玄関だけですが、鍵さえかかっていなければ庭からの出入りも自由です。ほかの離れとは距離があり、木立でさえぎられているので、用心すればだれに見られることもなく、門まで行き来できると思います」

「杉浦の相方の二人、まだ目撃情報がないのか」

「そのようです」

「木曜でひまだったのかな」

「五割方だったとか。夜はひえるので、庭にでる人がいなかったかもしれません」

小太りの女が入ってきた。

五十年配で、帯にかかる札には、仲居頭　藤崎《ふじさき》とある。

四方は、お茶をさしだす藤崎に心付けを渡しながら、声をかけた。

「ここは食事だけでもいいの」

「うちは割烹旅館なので、盛岡近辺におられるご常連様のなかには、お食事とお風呂だけでお帰りになる方もおられます」

「弁護士の杉浦さんも常連だったとか」

「はい。あんな事故にあわれて……なんと申しあげていいのか……」

「杉浦さんはいつもこの離れを使っていたの」

「いいえ。杉浦先生は会合とかでご利用されるので、宴会場のある本館ばかりでした。この部屋を予約されたのはあの日が初めてです」

「三つの離れのなかで、ここが門に近いよね」

「はい。本館にも一番近いです」

「予約したのは、いつ」

「一週間ほど前でしょうか。あとで番頭に確認してみますが、その電話で、この部屋を指定されたと記憶しています」

「杉浦さんはひとりであらわれた」

「はい。先生は六時すぎに見えられ、お料理は六時半に運びました」

「そうするように言われていた」

「うちでは懐石風に料理をおだしするので、一度にというのは……板長も機嫌が悪かったのですが、常連さんのご要望でしたのでお受けしました」

「料理を運んだときも、杉浦さんひとりだったの」

「はい。でも……」

藤崎が言いよどみ、ややあって言葉をたした。

「警察の方にもお話ししたのですが、庭先に人の気配があって……気になったのですが、先生に睨まれましてね」

「そのあと、この部屋に入ったのは」

「九時前に電話がありまして。先生は、本館の帳場でお会計を済まされたそうです」

「つまり、従業員のだれも杉浦さんの連れを見なかった」

「そのとおりです」

「それなら、食い逃げされることもあるよね」

「そんなこと一度もありませんよ。ご常連様以外で離れを使われる方には、預かり金を納めていただくようにしていますからね」

関根の発言に、藤崎がくだけた口調で応じ、すこし背をまるめた。

「気になったのはお料理です。ずいぶん残されてあって、板場の入れ替えをした直後だったので、板長も心配していたのです」

「大事な話をしてたんだろう。そういうときは食が細くなるものだよ」

「そうなんですか。わたしなんて、心配事があっても食欲がなくなるなんてことは……いえ、失礼しました」

「ところで、藤崎さん。この半年分の宿帳を見せてもらえませんか」

「そ、それは……」

藤崎が姿勢を戻し、警戒する表情になった。

すかさず、四方は腕を伸ばし、藤崎の着物の袂《たもと》に手をいれた。

かねて用意の爆弾である。いつも、一万円と三万円をいれたちいさな祝儀袋を持ち歩いている。食事に酒に女にと、取材相手の口をかるくする方法はいくつもあるけれど、もっともてっとり早くて効果的なのは現金である。

部屋に同僚はいないのに、藤崎が視線を左右に走らせた。

「ちらっと見るだけさ。あなたの眼の前で見て、すぐに返すよ」

「お客様は新聞社の方ですよね」

「そうだけど、あなたの協力については、いっさい記事にしないと約束する」

「わかりました。夜の十時をすぎるかもしれませんが、それでよければ……」

「こっちも都合がいい。夕方まで用があるんだ」

藤崎がうなずき、そそくさと立ちさった。

四方は、縁側の籐椅子に移った。

あとをついてきた関根が興味深そうな視線をくれる。

「どうして宿帳を……連れの二人は記帳していないのですよ」

「見てみろ」

四方は庭を指さした。

「ここから門が見えるか。ほかの二つの離れはどうだ」

「見えませんね。いくつもの木にさえぎられて」

「この離れの玄関からも門は見えなかった。門から庭に入ったとき、この離れの茅葺屋根はわずかに見えたが、おまえに言われなければわからなかった」

「そうか」

関根が声をはずませた。

「杉浦の連れはこの離れの場所を知っていた」

「そういうことだ。杉浦がここを使っていれば、丁寧におしえることができたかもしれんが、杉浦は本館しか利用していなかった」

「しかし、半年分といえばかなりの数ですよ」

「興味のわく名前はそうないだろう。ゼロかもしれん」

関根が眼をまるくし、思いついたように声を発した。

「あいつ、おなじように考えたのかな」

「ん」

「雫石署の捜査本部にいる友だちです」

「俺と会ってくれるのか」

「時間は未定ですが、夜には必ず」

関根が貧弱な胸を反らした。


車の窓をとじていても風の鳴く音が聞こえる。

それは盆地の集落が近づくにつれておおきくなった。

「中身のない会見でしたね」

運転席の関根が前方に顔をむけたまま言った。

盛岡市郊外にある雫石警察署で、午後三時から行なわれた記者会見には多くの報道陣が集まった。会見場に入りきれなかった記者やカメラマンもいるほどだった。

「あんなもんだ」

四方はそっけなく返した。

警察の公式発表をそのまま記事にすれば二、三十行でおわる。しかも内容に乏しい。だから事件記者は現場を這《は》いまわる捜査刑事らに接近するのだ。とくに新聞記者は、週刊誌のように、裏読みや斜め切りの憶測記事を書けないので、真実性の高い情報を求めて警察関係者との距離を縮めようと努力する。

東洋新聞社の八田はその筆頭格で、警視庁刑事部のだれかれに声をかけ、飲食をしながら信頼関係を築いていく。強引でもなく、媚《こび》を売るでもなく、さりげなく相手の懐に入る手法は、魔術師か詐欺師かと思いたくなるほど巧みで、あざやかだ。

記者クラブにいたころ、幾度もその場に同席しては、内心でうなったものだ。

八田は集めた情報を週刊誌やフリーライターに売っているとの噂もあり、それゆえに記者クラブを離れないと陰口をたたく連中もいるが、四方は八田の能力を買っている。まねをしたいが、できないだけだ。

「最後まで住民運動との関連性についてはふれませんでしたね」

「言うわけがない」

「友だちは話してくれるでしょうか」

「期待はしてるが、あてにはしてない」

関根がおおげさに肩をすぼめた。

ほどなくして、車は赤いスレート屋根の建物の前に停まった。

盆地の日没は早い。午後四時をすぎて、闇が静かに降りている。

強風にむかえられた。コートの裾が激しくなびき、歩くのも困難なほどだ。集会場の前に立つ、場外売場建設反対、自然を護れ、の幟《のぼり》が吹っ飛びそうに撓っている。

四方は、背をまるめて歩き、集会場に隣接する村役場に入った。

ジャンパー姿の中年男と、若い女の二人がいた。助役と事務員だ。役場には村長を含めてあと四人いて、その全員を見知っている。

顔を合わせるなり、助役が顔をほころばせた。

「また来たんかね」

「ええ」

「まあ、座って」

来客用のソファを勧められた。

事務の女も笑顔で席を立ち、奥の給湯室へむかった。

助役が正面に座る。

「今回はおひとりで」

「カメラマンも一緒です。となりの集会場をのぞいているのでしょう」

「きょうは、だれもおらんと思います。あんなことがあって……」

助役が語尾を沈め、思いなおしたように言葉をたした。

「村の人たちもすっかりしぼんでしまい、静かな村に逆戻りですよ」

「住民運動はなくなったのですか」

「まだ数人が頑張っているけど、もうだめだろうな」

「支援してるのは弁護士の杉浦さんだけではなかったでしょう」

「盛岡から応援にきてくれてた人たちはよりつかなくなりました」

「どうして急に……皆が杉浦さんを頼りきっていたのですか」

「それもあるでしょうが……」

「杉浦さんが殺されて、村の人たちは怖気《おじけ》づいた」

「村の人のほとんどは、計画を進めようとする側の人間に殺されたと思ってる」

「杉浦さんの代わりを務める人はいないのですか」

助役が力なく首をふる。

「あなたも、村役場も反対の立場だったではありませんか」

「わたしはよそ者だから……本音を言えば、どちらでもよかった」

村の助役は市役所からの出向の身なのだ。

合同場外売場の建設には、県が歓迎の意を表し、市と村が反対の立場をとった。

「そんな状況なら、場外売場の建設工事がはじまるのも時間の問題ですね」

「来月早々にも最終的な会合があるそうです。その場で結論がでるのでしょうが、すでに村の主だった者との下交渉は進んでいるようです」

助役が苦笑をもらした。

「もう四方さんたちもこなくなるのよね」

事務員がお茶をさしだしながら言った。

「そんなことはないよ。いままで以上にマスコミの連中が押しかけてくるさ」

「どうして」

「弁護士の死と住民運動を結びつけるからだよ」

「へえっ」

事務員の顔は、驚くというよりむしろ、よろこんでいる。

四方は、視線を戻した。

「来月の会合にはどんなメンバーが集まるのですか」

「村側は、村長とわたしのほか、村民の代表が三人で、むこうは、競馬と競艇の関係者、県庁の担当者、それに、建設会社の方です」

「霞が関の役人はこないの」

「えっ」

助役の声に、関根の裏返った声がかさなった。

「来ましたよ。それも、大勢です」

関根がしゃべりながら近づいてくる。

代わりに、事務員はドアへ走った。

雫石警察署にいたマスコミ関係者がこぞってやってくるだろうとは予測していた。

四方は、助役の手に祝儀袋を載せ、腰をあげた。


名刺を見て、思わず笑ってしまった。

南国猛《なんごくたけし》、とある。

四方は、真顔をつくろった。

「いや、失礼」

「いいんですよ。名刺を渡したときのリアクションにはもうなれてますので」

南国が色白の頬をさすりながら苦笑した。長身のやせぎすだ。

「こいつ」と、関根が割り込んだ。

「見かけはインテリだけど、気質は名前どおりなんです。熱いし、行動力がある」

関根が自慢そうに言った。

おまえとは正反対だな。

そう言いかけて、四方は視線を南国に戻した。

「岩手は地元ですか」

「ええ。北の端の農家の生まれでして、東京の大学に入ったときは警視庁をめざしていたのですが、父親が亡くなりましてね。ひとり息子なものですから」

「捜査一課は希望の部署ですか」

南国は岩手県警察本部刑事部捜査一課の強行犯係に所属している。

「子どものころは駐在のおまわりさんに憧《あこが》れていたので、地域課でよかったのですが」

「ままなりませんよね」

また関根が口をはさんだ。

「ぼくなんて、捜査一課の刑事になりたくて仕方がなかったのに、地域課のあと、交通課にまわされて……トラックに正面衝突された乗用車の運転席にいた若い女性の、無残な死体を見た途端、気絶して……そのせいで、総務課へ飛ばされた」

「それが辞めた理由か」

「そうです」

「やめてよかったな」

「えっ」

「捜査一課はもっとむごい死体を見なきゃならん」

「そうかもしれませんが、やる気があれば……でも、もういいです」

関根があきらめ口調で言い、酒をあおった。

いま、旅館の離れ家で、囲炉裏を囲んでいる。午後八時半になるところだ。南国は、雫石署での捜査会議がおわってすぐにきたらしい。

四方は、徳利を南国に傾けながら、訊いた。

「問題のトラックなんだけど、資材置場から盗まれたんだってね」

「ええ。資材運搬用の四トントラックでした」

「ひょっとして、持主の建設会社は例の場外売場にかかわってるのかな」

南国の、盃を持つ手が止まった。

「まいったな。東京の記者さんは鋭いや」

「捜査本部は、建設会社の関与をうたぐってるの」

「そこまでは……事件発生の十時間前に被害届がでてますからね」

「でも、完璧《かんぺき》な白ではない」

南国が首をすくめた。

「吐いちまえ」

関根があおる。

「四方さんは信頼できる人だ。ニュースソースは殺されようとあかさないさ」

南国がこくりとうなずいた。

「複数人の証言などから、県警の上層部は、計画殺人の疑いが濃厚との判断で捜査本部を立ちあげたけれど、現場の捜査員の意見は一本化していません。もちろん、計画性の有無を除けば、殺人容疑で一致しているのですが」

「目撃者たちは、トラックの運転手を見てるの」

「それがまちまちでして。男だったと断言する人もいれば、いたような気がするとか、運転席に人はいなかったと言う人もいる。いずれにしても、事故の三十分前、現場近くに停車していたのは間違いなく、事故後の十数分間の目撃証言によって、盛岡市内の方角へ猛スピードで走るトラックが同車種であるのも確認しています」

「この部屋で杉浦と会っていた人物は特定できたのですか」

南国が首を左右にふった。

「杉浦の手帳や、事務所のスケジュールボードにそれらしい名前はなかった」

「ええ。捜査令状をとって調べたのですが」

「ほう。被害者の関係箇所に捜査令状を……それはまたどうして」

南国が顔をしかめた。

間髪容れず、関根が南国の肩を押した。

南国が神妙な顔をつくった。

「くれぐれもオフレコで……」

「もちろんです」

「じつは、被害者の個人口座に一千万円の振込みがあったのがわかりましてね」

「振込みがあった日にちは」

「ことし、九月の三日です」

「振込み人の名もおしえてくれませんか」

「言ってもむだです」

「つまり、偽名。連絡先の電話番号もでたらめだった」

「そのとおりです」

「振り込んだ銀行は」

「東西銀行の銀座支店」

四方は質問をやめ、眼をとじた。

盆地の過疎地で住民運動がおきたのは、八月のお盆すぎだった。そのすこし前、盛岡市内で、合同場外売場の建設計画を知った市民グループが撤回を求めて騒ぎだした。村と村民が結束して反対運動をはじめてまもなく、それを支援する名目で弁護士の杉浦勉が参加し、反対運動は一気に加速したのである。九月半ばすぎのことだった。

——杉浦先生、はじめは乗り気じゃなかった——

市民グループの幹事のひと言を思いだした。

──人権派弁護士とか言われてるけど、あいつ、カネにならんことはやらない──

計画推進派の弁護士の、さげすむような声がよみがえった。

四方は、知らず、うめき声をもらした。

「なにか気になることでも」

南国の声に、眼をひらいた。

「いや。思いもよらない話を聴いて、動揺してます」

四方は、さりげなく言い返し、また瞼をとじた。


午後十時ちょうど、まるで南国がさるのをそとで待っていたかのようなタイミングで、仲居頭の藤崎がやってきた。手には分厚い二冊の宿帳を持っている。

藤崎が四方の傍らに正座するのと同時に、携帯電話が鳴った。

四方はその場で耳にあてた。

「はい、四方です」

《わたし、真子よ》

「ああ、天野さん。きのうはありがとう」

《いま、まずかったのかなあ》

真子は四方の口調にピンときたようで、声量を落とした。

「そんなことはないけど、なにか用かな」

《退屈だからお酒にでも連れてってもらおうかなと思って……》

「そいつは残念だ」

《お仕事中なの》

「岩手にいるんだ」

《女の人と温泉旅行じゃないわよね》

「温泉はあたりだが、連れは仕事の仲間だ」

《そっか。帰ったら電話ちょうだいね》

電話を切ると、藤崎に詫び、宿帳を見せてもらった。

ことしの元旦からきのうまでの、来客の氏名と住所、連絡先が書いてある。備考の欄には、仲居らの印象などが書き添えられていた。

四方は、藤崎が心配そうに見守るなか、頁をめくった。

記者の勘に触れる文字はない。

九月分に入って、四方は神経を集中させた。銀行振込みの件が気になる。

しかし、九月分も神経は反応しなかった。

十月分の最後で、手が止まった。

「これ」

四方の声に、藤崎が顔を近づける。

「杉浦さんがこの部屋を利用した日だよね」

「はい」

「本館に団体の客がある。この東北民放連、覚えてるかな」

備考の欄に、総務省のお役人という文字と、放送局六社の社名がある。

「覚えてますとも。いつもはどんちゃん騒ぎされる放送局のおえらい様方が、この夜は猫のようにおとなしくて……東京のお役人さんがよほどこわいんだろうなって……わたしたち、あとで話したんですよ」

「総務省のお役人て書いてあるが、たしかなの」

「はい。民放連のおひとりに耳打ちされましたから」

「役人は何人いたの」

「三名です」

「名前は」

「そこまでは……わたしどもがいたのははじまりの十分と、お酒やお料理を運ぶときで……民放連の方々は、上座の三名様を肩書で呼んでおられました。局長とか、たしか、調査官とか……ほかの仲居にたしかめてみましょうか」

「いや」

四方は即座に応じた。にわかに胸の動悸《どうき》が高鳴っている。しかし、藤崎を信用しているわけではない。東北民放連の常連客であれば、こちらの行動がむこうにもれる可能性もある。そこから霞が関に伝わるかもしれない。

「その宴会の様子をくわしく聴かせてください」

「予約をされたのは東北民放連の幹事役の方で、宴会が始まったのは六時半、九時すぎにおひらきになったと記憶してます」

「全員で十五名のようだが、途中で退席した人はいなかったかな」

「さあ」

藤崎が首をかしげた。

「帰りは、どう」

「わたしもお見送りしましたが、皆さんご一緒だったと思います」

あとの会話は五、六分でおわった。藤崎がそわそわしだしたからだ。

四方は、縁側から庭にでて、携帯電話を耳にあてた。

《遠藤です》

「克也君か」

《えっ。だれ》

「四方聖人のおやじだ」

《なんだ。びっくりしたよ》
遠藤克也の声があかるくなった。
「どうだ。俺の倅もなかなかいいやつだろう」
《まあね。気持ちよくゆるしてくれたし……ところで、なにか用があるの》
「おとうさん、いるか」
《まだ帰ってないけど、おじさん、知り合いなの》
「会ったこともないが、ちょっと訊きたいことができてな」
《なんだろう》
克也の声が沈んだ。
《さっき、警察の人からも電話があったんだ》
「なんて」
《かけなおすって……ねえ、おとうさんになにかあったの》
「俺のほうは総務省のことで知りたいことがあるだけだ。心配はいらんよ」
わずかばかりの間が空いた。
《おじさん。近いうちに会ってくれるかな。相談したいことがあるんだ》
「いいよ。いま出張中だが、帰りしだい、連絡する」
話しおえると、四方は天をあおいだ。

あかるく話したつもりだ。
それでも、克也が不安にならなかったか、気になる。
遠藤親子は自分ら親子と逆の立場に置かれるかもしれない。
その思いが胸のうちを湿っぽくしている。

露天風呂で長湯をした。
風は静まっていたが、あたりは冷気に包まれ、立ちのぼる湯気もすぐにさめた。
しかし、頭は活発に動き、神経は鎮まってくれなかった。
あすはどうするか。
杉浦の件で取材を続けるか、それとも東京へ戻り、遠藤和生に面談するか。
そればかりを熟考していた。
部屋に戻ったときはもう、関根は縁側に近い布団でいびきをかいていた。
四方は横になっても眠れず、寝酒を頼って、ようやく眼をとじた。
どれくらい寝ていたのだろう。
人の叫び声を聞いた。
うっすらと眼をあけ、しばたたかせた。
部屋が異様にあかるい。空気がゆれている。

「火事だ」

今度ははっきりと聞こえ、はねおきた。

縁側の障子が朱に染まっている。

とっさに、関根の頬を手のひらで張った。

「おきろ」

三発目の張り手で関根が眼をさました。

四方は障子をあけた。

途端、体がうしろに吹っ飛んだ。ガラス戸が燃え、縁側にも炎が立っている。

「玄関だ」

四方の叫び声に、関根がころがるように駆けた。

玄関を仕切る襖《ふすま》をあける。

「だ、だめです」

関根の声が裏返った。

たしかめるまでもなかった。

玄関から炎がひとかたまりになって、畳を舐めるように迫ってくる。

庭に視線を戻した。

こちらも炎は勢いを増すばかりだ。

四方は、布団を手にとり、ガラス戸にたたきつけた。

もう一枚を、縁側に打ちつける。

「布団をかぶれ」

関根に命じ、自分も残りの一枚を頭からかぶった。

「突っ込むぞ」

そう言ったときはすでに縁側の布団は燃えていた。

それでも、行くしかない。

四方は、渾身《こんしん》の力で縁側の布団を蹴り、ガラス戸に突進した。

10

鼠色の布に覆われた担架が眼の前をとおりすぎてゆく。

中年の女と少年が寄り添うようにして担架のあとを歩いている。

「あの子が遠藤克也です」

児島要が耳元でささやいた。

時刻は午前三時十三分。まだ空は深い眠りのなかだ。それでも、赤坂の高層ホテルの正面玄関前には野次馬と報道関係者が五人十人と群れていた。

「くそったれ」

鹿取は、ホテルの上層階を見あげ、吐き捨てるようにつぶやいた。

後悔するパターンはいつも決まっている。

きのうの夕刻、鹿取は総務省に遠藤和生を訪ねた。

経堂の殺人事件との関連性はほとんどないと思いつつも、体が動きたがった。

遠藤は不在だった。それでも彼の部署まで足を伸ばし、その日の予定を訊いたのだが、打ち合わせで外出しており、直帰の予定だとおしえられた。

霞が関から赤坂へ移動した。エキサイト・チャンネルの水島透に会うためだ。

しかし、水島も社内にはいなかった。

疑念を晴らせない苛立ちとともに、不安がつのった。

北沢署に戻っても、その疑念と不安はふくらむ一方だった。

夜の捜査会議の前後に、遠藤と水島の自宅へ、それぞれ三度電話をかけたのだが、遠藤宅は息子から父親の不在を告げられ、水島宅は応答がなかった。

夜の街へでかける気にもなれず、ひさしぶりに市谷《いちがや》の自室に帰り、酒でざわつく神経をなだめたあと、ベッドにもぐったのだった。

――遠藤和生が首を吊りました――

児島の急報を受けたのは三十分前のことだ。

くそったれ。

そのときも、おなじ台詞がでた。

児島に腕をとられ、ホテルの玄関へむかった。

十三階の客室では鑑識係の捜査が始まっていた。

児島が長身の男に近づく。強行犯七係の山村《やまむら》警部補だ。

「自殺ですか」

「まだ、なんとも言えん」

「遺書は」

「見つかってない。身内への聴取もこれからだ」

山村のもの言いは乱暴だ。あきらかにけむたがっている。

かまわず児島が喰らいつく。

「わかってることをおしえてくれませんか」

「その前に応えろ。おまえ、なんで出張ってきた」

「うちの事案の関係者です」

「ん」

山村が眉根を寄せた。

「経堂の少年殺しか」

「遠藤和生の息子は被害者の友人で、事件の背景にいる人物のひとりです」

「その程度で押しかけてきたのか」

「ええ。すこし話を聴けたらすぐに退散しますよ」

「なにを知りたい」

「こんな深夜に、どうして発見されたのです」

「ある人物からホテルに要請があった。部屋にいるはずなのに電話にでないと……ケータイもつながらず心配なので、様子を見てきてくれないかと」

「ある人物ってだれなんです」

「言えんな」

「死亡推定時刻は」

「いいかげんにしろ」

山村が語気を荒らげた。鑑識員の手が止まるほどの声だった。

エレベータに乗っても児島の顔は真っ赤である。

「あんな邪険にすることはないのに」

「俺のせいだ」

「えっ。山村さんと……」

「以前、内偵捜査の邪魔をされてぶん殴った」

「まったく。敵だらけですね」

「はじめからそう言ってる」

鹿取は、あきれる児島を置き去りにし、ホテルの玄関をでた。

直後、ひとりの男に行く手をさえぎられた。

「自殺で間違いない」

八田忠成の声は力強かった。

赤坂のファミリーレストランに入ったところだ。

鹿取は、八田に視線をすえた。

「ひと仕事、おえたのか」

「こんやは当直でな。強行犯七係の主任と同伴出勤した」

「遠藤はかなり飲んでたようだな」

「ビール缶が三本に、部屋に用意してあるウイスキーもほとんど空だった」

「チェックインは何時だ」

「午後九時。昼すぎに予約があったらしい」

「そのときの様子は」

「そこまではわからん。関係者への聴取は、いま真っ最中だ」

「電話……」

　となりの児島が声を発した。

「電話で要請があって、ホテルの従業員が部屋を確認したとか」

「フロントマンの話によれば、一時四十三分にかかってきた電話で、遠藤の部屋につなぐよう言われ、でないのでその旨を伝えると、調べてくれと頼まれたそうだ」

「相手はだれなのです」

「柏木悦郎だよ」

「ええっ」

　児島が頓狂な声をあげた。

「それ以前も柏木と遠藤は二度、電話で話してる。最初は午後十一時三十五分に柏木が電話し、二度目は午前一時七分、遠藤が柏木の自宅へ……どちらも客室の電話なので、柏木は遠藤がホテルに泊まってるのを知ってたことになる」

「いまごろ、柏木に事情を訊いているのですね」

　八田が首をふる。

「事情聴取に応じるよう要請したが、ふられたらしい。最終的には、桜田門の幹部の指示で、午前中に行なうことになった。霞が関の官僚への気兼ねもあるのだろうが、事件性がきわめて薄いと判断されたのだろう」

言いおわるや、八田が携帯電話を手にした。

「俺だ……なにっ……」

八田が携帯電話を耳にあてたまま出口にむかった。

ほどなく戻ってきたときの八田の顔は、鹿取が見たこともないほど険しかった。

児島が身を乗りだした。

「どうしたのです」

「四方が……四方春男が襲われた」

「えっ。いつ、どこで」

「岩手の盛岡市に近い温泉旅館だ。四方は、カメラマンと二人、その旅館の離れで寝ているさなかに、火事にあった」

「襲われたということは、放火ですね」

「そのようだ。間一髪で難をのがれ、二人は病院に運ばれた。いま電話してきたのはカメラマンで、そいつは軽症だが、四方は、火傷《やけど》を負い、腕が折れたらしい」

「四方さんが狙われたのですか」

「ほかは考えにくい」

「おい」

鹿取は、八田を睨みつけ、言葉をたした。

「四方はなにをつかんだ」

「わからん。ほんとうだ。やつは、きのうの朝に東京を発《た》ち、昼から現地で取材をしたらしい。まだカメラマンが動揺してるので、夜が明けてからくわしく聴くつもりだ」

「どうやら、こっちの事件とつながってるようだな」

「俺もそう思う」

八田の手のひらが無精髭に触れる寸前、児島が声をあげた。

「岩手へ行きます」

鹿取は、あわてて視線をふった。

よせ。

顔を見た瞬間、そのひと言はでなくなった。

児島の眼が燃えている。止めてもむだと悟った。

「鹿取さん、こっちのほう、頼みます」

「こっちってどっちだ。捜査本部《チョウバ》か、遠藤の自殺か」

「もちろん、遠藤です。岩手とリンクさせれば、当然でしょう」

「おまえ、俺の話を忘れたか。七係の山村は……」

「むこうが邪魔すれば、もう一発、ぶん殴ってください」

「やってられん」

八田がにやついていた。
《いったい、どうなってるの》
沖純子の声はふるえている。
「いま、どこだ」
《克也君の自宅をでたところ》
「話はできたか」
《すこし……だけど、おかあさんが泣きじゃくって、克也君はおかあさんを一生懸命なぐさめてた。本人だって悲しいのに……》
「克也の話を聴かせてくれ」
《きのう、一緒に朝食を食べたのが最後だって。そのときはいつもと変わらなかったと……つぎの休日にキャッチボールをやる約束をしてたそうよ》
「ほかには」
《それくらいしか話せなかった。自宅には刑事さんもいて……》
「どっちの。経堂の事件を担当してるほうか」
《わからないわよ。そんなこと》
純子の声がとがった。

「おちつけ」
ため息が洩れ聞こえた。泣いているふうにも感じられた。
「協力してくれ。子どもとさしで話せるのは教師のあんたしかいない」
《わかってる。でも、わたしのクラスの生徒が殺され、それから一週間しか経っていないのに、事件が解決していないのに、今度は生徒の父親が自殺したのよ。わたし、どうすればいいのか……頭が変になりそう》
「どうなろうと、にげるな。あんたの仕事だ」
今度は、はっきりすすり泣く声が聞こえた。
鹿取は時計を見た。正午を五分すぎている。
「これからどうする」
《どうしよう》
「夕方まで、自宅でじっとしてろ」
《夕方まで……》
「そのあと、柏木の家を訪ねてくれ。名目はある」
《どんな》
「あんたが家庭訪問したとき、柏木は遠藤と水島の名を口にしたんだろ。そのことを思いだし、気になったので訪ねたと言えばいい」

《父親がいなかったら》
「家の者に、きょうとあしたの予定をおしえてもらえ」
《わかった》
「それと、水島友里恵と話をしたか」
《まだ……》
「あすにでも水島友里恵に会って、父親どうしのことを訊いてほしい」
《そのこと、知ってるのかしら》
「あの子は、警察の事情聴取でも家族のことを話したがらないそうだ。先だって話を聴いた同級生は、友里恵を秘密主義だと言ってた」
《まあ、そんな話を……》
「隠したわけじゃない。が、気になってきた。秘密にしたい事情があるのかもしれん」
《やってみる。わたし、頑張るから、事件を解決してね》
「そうする。あんたの笑顔を見ながら晩飯を食いたいからな」
《こんなときに、よくそんなことを……》
「俺は、なんでも励みにするんだ」
電話をきると、グラスにジャックダニエルを注ぎ、氷を落とした。
神経が暴れているときはバーボンのロックにかぎる。

酒ならなんでもこいだが、相手と気分で飲みわける。

ひと息でグラスを空け、ゆっくりと首をまわした。

十年住んでいるけれど、いまだに自宅という感覚がない。

生活用品も調度品も一般の家庭なみには揃えているが、飾りにすぎない。だれに見せるわけではない。己が生きていることを知る小道具みたいなものだ。

一週間に一度か二度、気がむいたときに帰る。使うのはシャワーと冷蔵庫の氷くらいなもので、ソファに身を投げだし、スコッチかバーボンのグラスを片手に、時間をやりすごす。仲間は、ドーナツ版のレコードだ。聴くのはもっぱらジャズで、たまに、五十年代、六十年代のポップスを聴きながら、体をスイングさせることもある。

そのうち、寝てしまう。ほとんどはソファで眼が覚める。

三杯目のロックをあおったとき、携帯電話の着信音が鳴った。

「はい、鹿取」

《なにやってるんだ》

強行犯三係の稲垣係長の声は、口調の割にさめていた。

「タコ坊主を見すぎて、食あたりを……」

《おまえのことなど訊いてない。児島はどうした》

「さあ」

《とぼけるな。あいつ、ケータイの電源を切ってやがる》
「そのうちつながりますよ」
《夜の捜査会議にはでるよう言っとけ》
「はいはい」
《おまえはなにをしてる》
「アルコールでお腹の消毒を……」
《ばかもん。さっき、七係から苦情がきたぞ》
「たまたまかち合っただけです。それも、すぐに退散しました」
《よそ様の事案には手をだすな》
「うちの事案です」
《なんだと。赤坂の自殺と経堂がつながってるのか》
「その前に、自殺と断定したのに、まだ七係が張りついてるんですか」
《正式な見解を発表するまでだ。それより、応えろ。関連があるのか》
「じきにわかりますよ。でも、くれぐれも内聞に願います」
《言うもんか。あとで恥をかくかもしれん。だが、あてにせず、期待してる》
いつもの台詞が最後に聴けた。
暗黙の了解をとりつけた。

11

発車のベルが鳴り響くプラットホームに、粉雪が舞っている。

列車が動きだすと、四方春男は、向き合って座る児島要に声をかけた。

「助かった。児島さんのおかげで、こうして早々と東京に帰ることができる」

「体は大丈夫なんですか。医者の話では全治一か月とか」

「平気だよ。ほら」

四方は左腕をまわして見せた。

セーターで隠れているが、二の腕は固定されている。亀裂骨折と診断されたが、痛みはない。痛いのは火傷のほうだ。顔は無事だったが、両腕と両足、左の脇腹の数箇所に火傷を負った。炎に突進したさい、浴衣に火がついたようだ。腕の骨折は庭にダイブしたときの衝撃によるものだろう。

「しかし、無茶をする人ですね」

「ほかにのがれる方法は……」

児島が手のひらをふった。

「きょうのことですよ。安静にするよう言われたのに、取材にでかけるなんて」

「時間がないんだ」

「息子さんのことが気になる」

「倅の無実は確信してるけど、事件の真相は俺の手であばきたい」

「自分らにまかせてください」

「そうはいかん。俺が命を狙われた。事件の核心に迫ってる証じゃないか」

四方は、児島の眼を見すえた。

児島との付き合いは丸一年。彼が強行犯三係に転属した直後、東洋新聞社の八田忠成に紹介された。八田の音頭で、児島の歓迎会をやった夜のことである。

そのあと、事件がおきるたびに取材をかけているが、親しくなれたという感覚はない。八田の話によれば、児島は記者嫌いらしい。

その児島が病室にあらわれたときはびっくりした。

病室にはカメラマンの関根豊と岩手県警の刑事がいて、児島は、放火事件の担当捜査員に頭をさげてくれたのだった。

――四方さんはわれわれの捜査に必要な人なのです。それも、緊急を要することなのでこうしてやってきたしだいです――

児島の熱っぽい説得に、自分らの事案を優先したかった捜査員が折れたのだった。

警察官どうしの話し合いが決着したあとは、すばやく行動した。

関根は温泉旅館へ、四方は児島同伴で地元の放送局へでむいた。

盛岡市内にある北国放送局の事業本部長から話を聴けた。

弁護士の杉浦勉が事故をおこした日に〈地上デジタル化推進のための説明会〉なる会議が行なわれ、それに続き、玄武温泉での宴会が催された。

デジタル放送化にむけての難題は設備投資にかかる膨大な資金で、それは専門家や業界関係者のあいだで、早くから指摘されている。とくに、資本力が弱いローカル放送局にとっては社命を賭けた大事業になる。そのため、旧郵政省を中心にした役人が全国各地で国庫の補助や融資についての説明会をひらいている。

「取材の中身を聴かせてください」

児島の口ぶりは強要に近かった。

それでも、四方はうなずいた。

北国放送局には単身で乗り込んだ。警視庁の刑事が同席すれば相手に疑念と警戒を抱かれる恐れがある。負傷した記者であれば同情を買えるという思惑もあった。

取材の内容を警察官に話すのは本意ではないが、窮地を救ってくれた恩義がある。それに加え、ここから先は警察との連携が不可欠のように思う。

「総務省を核とした霞が関の利権疑惑の存在を知ってるのかな」

「八田さんに聴きました。杉浦とかいう弁護士が交通事故で死んだことも」

「それなら説明をはぶこう。先週の木曜、東北のローカル六局が集まって、総務省による地上デジタル化に関する説明会が行なわれた。そのあと、玄武温泉で宴会があった。ありていに言えば、放送局側が所管省庁の役人たちをもてなしたわけだ」

「同時刻、杉浦もおなじ旅館にいた」

「そう。ただし、離れで杉浦と会った二人を特定できてはいない」

「あなたは、宴会に参加した者に注目した」

「ああ。十五名の一行が旅館についたのは午後五時すぎ。総務省の審議官、情報通信政策局長、それに同局調査官の三人には個室が割りあてられ、参加者は風呂に入ったり、部屋でくつろいだりしたあと、六時半から宴会が始まった。九時ごろおひらきになり、そのあと、ひとりを除き、全員がカラオケバーへでかけた」

「残ったひとり……遠藤ですか」

「そのとおり。正確に言うと、遠藤も皆と一緒に旅館をでたのだが、連絡事項があるのを忘れていたとかで、部屋に戻ったらしい」

「そのままバーにはあらわれなかった」

「北国放送局の本部長はそう言った」

四方は、にわかにめばえたためらいをふり払い、言葉をたした。

「じつは、きのうの夜、旅館の仲居頭から気になる話を聴いたんだよ」

仲居頭の藤崎は、いったん退室したあと、布団を敷くために戻ってきて、同僚たちから集めた情報を話してくれたのだった。

「旅館の自室に戻った遠藤は、布団を敷いていた仲居に質問したらしい。離れがあるようだが、きょうはどんな客がいるのかと……そんな質問はされたことがないので仲居がとまどっていると、一万円を手渡されたそうだ」

「それでしゃべった」

「うん。その夜、三つの離れには二組の客がいて、ひと組は三人家族、あとのひとつはお食事だけの客だとおしえたそうだ」

「杉浦の名前は」

「はっきり言わなかったが、しゃべったんじゃないかな。遠藤の部屋の担当だった仲居は気がひけていたのか、それらのことを警察には話してないらしい」

「遠藤はどうしてそんな質問をしたのでしょう」

「なにかを見たんだな。宴会の途中……時刻は定かじゃないが、遠藤は仲居にトイレの場所を訊いてる。俺は、仲居頭にその話を聴いて本館の宴会場からトイレまで歩いてみたんだ。それで気づいたんだが、トイレの窓から庭が見えてね。手前の離れも見えたし、庭の灯籠の灯がともってるあたりはあかるかった」

「遠藤は、トイレの窓からだれかを見た」

「おそらく、杉浦が会っていた相手だろう。本部長の話によると、遠藤は盛岡には初めて来たと言ったそうだ。それなら、杉浦とは面識がなかった」

児島が小首をかしげ、ややあって口をひらいた。

「仲居と話したあと、遠藤は部屋にこもっていたのですか」

「十一時すぎに寝酒と夜食を運んだときは布団に入っていたそうだ」

「部屋の電話は」

「使ってなかった」

四方は、視線をそらし、ペットボトルのミネラルウォーターを飲んだ。

痛み止めと抗生物質を投与されているので、しばらくは酒もコーヒーも飲めない。

児島が心配そうに声をかけた。

「すこし休まれますか」

「いや」

「東京に戻ったら安静にされたほうがいいですよ」

「そう煙幕を張らんでも、捜査の邪魔はしないさ。けど、利権疑惑は自分で調べる」

「遠藤さん、亡くなられましたよ」

「えっ。いつ」

語尾がはねた。

「きょうの未明、ホテルの客室で首を吊られた。おそらく、自殺です」

「どうしてそれを早く……」

「タイミングが見つからなくて」

児島がさらりと返した。悪びれるふうもない。

四方は、頭に血がのぼりかけたけれど、かろうじてこらえた。こらえる代わりに、眼をとじた。もう質問に応える気がなくなってしまった。


遠藤和生の家は、経堂とはとなり町の桜上水の住宅街の一角にあった。

似た外観の建物がならんでいる。

四方は、門柱の表札を見たあと、夜空をあおいだ。

濃淡いりまじって、一面の雲だ。

東京駅で児島と別れ、まっすぐ自宅に帰った。

玄関に入った途端、息子の聖人がすっ飛んできた。

火事にあったことは朝に報せていた。顔を見るなり、聖人は顔に安堵の色を刷いた。しばらく盛岡で入院することになると思い込んでいたようで、化膿《かのう》止めの薬を塗る手伝いをしながら、あしたにでも盛岡へ行くつもりでいた、と口にした。

ちょっと会社に顔をだしてくる。聖人にそう言って、自宅をでたのが七時前。タクシーに乗って、遠藤の家へ直行したのだった。

黒い雲にむかって息をつき、呼び鈴を鳴らした。

すぐに玄関のドアがひらき、遠藤克也が顔をのぞかせた。

「あっ、おじさん」

四方は、とっさに右手をあげた。かけるつもりの言葉がでなかった。

大変だったね。

克也が門扉を開けにきたときも、それしか言えなかった。

「どうぞ」

短く言い、克也が踵を返した。

「おとうさんは」

「警察に行政解剖をしたいと言われて……でも、あした、帰ってくる」

児島の声がよみがえった。

――おそらく、自殺です――

行政解剖であれば自殺が濃厚なのだろう。

二階の克也の部屋に案内された。五畳ほどの洋間に、机と本棚、ベッドがある。

「ご家族に挨拶《あいさつ》しなくていいのか」

「おかあさんしかいないし、とても人に会える状態じゃないんだ」

克也に勧められ、机の椅子に座った。

「おじさんも大変な目にあったんだって」

「倅に聴いたのか」

「ニュースでおとうさんのことを知って電話をくれた。そのとき、火事の話を」

「そうか。でも、俺はこのとおり、元気だ」

己の言葉にさえ神経を使ってしまう。

眼前の克也の顔はいまにもくずれそうで、見ているだけでつらくなる。

「おじさん」

「ん」

「見てほしいものがあるんだ」

「パソコンか」

「そう」

となりの部屋に移った。父親の書斎のようだ。窓際の机と壁一面の書架。書架を背にして籐椅子とサイドテーブルがある。

克也が机のパソコンを起動し、マウスを操作してから、四方に椅子を譲った。

「それ」

克也の声がしたときはすでに、眼も体も固まっていた。

パソコンの画面にメールがある。

「おとうさんが、水島友里恵の父親に送ったメールだよ」

送り先のアドレスに、t-mizushimaの文字がある。送信の日時は、十月三十一日、弁護士の杉浦が事故にあった翌日、金曜の午後三時四十五分だった。

「おとうさんは、この日、つまり金曜は仕事を休んだのか」

このメールを書いた前日に遠藤和生が盛岡にいたと話せばややこしくなる。自分が持つ情報はひとつももらすまいと心に決めてきた。

「俺も気になっておかあさんに訊いたら、おとうさんは昼すぎに出張から帰ってきて、一時間くらいでまたでかけたそうだよ」

このメールのためにいったん帰宅したのだろうか。

そんな疑念も克也にはもちろん話せない。

四方は、視線を戻した。

――東北地方の地上デジタル化は、貴方の要望に沿う形で事業展開できそうです。柏木局長と相談のうえで、近い日に、御社と東北ローカル各局のあいだで、お互いの特性、利益を損なわないよう、覚書を交わすことができるようにします。……ところで、まさか、あんな田舎の旅館で貴方をお見かけするとは思いもしませんでした……その数十分後になるのでしょうか、旅館の離れで、おそらく貴方と同席されていた弁護士の杉浦さんが交通事故にあわれたそうで……お話しできる時間を賜れれば幸いです――

長い、丁寧な文面である。

「脅迫のメールだよね」

弱々しい声がして、視線をふった。

「きめつけるな。いや、そうじゃない可能性のほうが高い」

「どうして」

「くわしくは話せないが、おとうさんと水島は、国の事業で一緒に仕事をしていた」

「でも……」

四方は立ちあがって克也の腕をとり、椅子に座らせた。

「いいか。このことはだれにも言うな。いや、忘れろ」

「警察にも黙ってるの」

「そうだ」

四方はマウスをつかんだ。

「ど、どうするの」

克也の声が裏返った。

かまわず指を動かし、メールを削除し、さらに、ゴミ箱も空にした。

「これでおわりだ」

四方の強い口調にも、克也の表情は変わらなかった。顔一面、青白い。

「俺が……おとうさんを追い詰めて……」

「おとうさんと話したのか」

「ばかなまねはやめてくれって」

「いつ」

「おとといの夜、聖人君に謝ったあと、そうしようと決心して」

「なんて言われた」

「おとなの世界のことだと。俺、頭にきて、言ってやったんだ。じゃあなんで、淳君を俺に押しつけたんだって……勝手すぎるって、怒鳴っちまった」

四方は、黙って克也の顔を見つめた。

やがて、克也の頬を涙が流れた。

「我慢してたんだよ。おとうさんのために、嫌いな子と遊んでたんだ。それなのに、今度は犯罪者の息子になるなんて……そんなの、絶対にいやだよ」

四方は、克也の肩に手のひらをのせた。心のふるえが伝わってきた。

「いいか、克也君。おとうさんの死は、おまえのせいじゃない。かりに脅迫のメールだとしても、おとうさんは、おまえの言葉に眼が覚めたはずだ」

「それならどうして……」

「それこそ大人の世界だ。思うようにならない、いろんなことがある」

「学校のいじめみたいなもの」

「それよりもっとむごくて、きたない。確信犯ていうのか、こうすればどうなるのか、わかっていて、あくどい、非情なことを平気でやる人間がいるんだ」

克也の瞳がゆれた。怒りが宿ったようにも、哀しみが深まったようにも見えた。

階下から女の声がした。

克也が応える。

来客があるらしい。

「また、ゆっくり話そう」

四方は、克也の肩を抱きながら階段を降りた。


そとにでて、時刻を確認した。午後八時三分。

赤堤通を西へむかうか、それとも、経堂駅のほうへ歩くか。

柏木家を訪ねるか、帰宅するか。

しばし迷った。

遠藤の家でメールを見た柏木淳のとった行動が気になった。

どうして血相を変えて飛びだしたのか。なにかを思いつき、行動しようとしても、メールの文面が必要なのではないか。

そうか。転送か。

淳の部屋にパソコンがあったのを思いだした。

それで行き先がきまった。

歩く道すがら、天野真子との電話のやりとりを思いうかべた。

真子はほんとうに酒を飲みたくて電話してきたのだろうか。

その疑念は、病院のベッドでめざめて以降、胸のうちにくすぶっている。

しかし、その疑念は放火事件と結びつかない。

――お仕事中なの――

――岩手にいるんだ――

――女の人と温泉旅行じゃないわよね――

――温泉はあたりだが、連れは仕事の仲間だ――

あの会話で玄武温泉にいるとわかるものだろうか。そもそも、真子には岩手でおきている騒動についてなにも話していないのだ。

柏木家の門の呼び鈴を鳴らした。

母屋の玄関から女があらわれた。天野真子ではなかった。

真子とおなじくらいの歳に見える。ジーンズにピンクのセーター。セミロングの髪を風にゆらしながら近づいてきた。清楚《せいそ》な顔立ちだが、気質の強そうな眼をしている。

「どちらさまですか」

「夕刊さくらの四方といいます。天野真子さんにお会いしたいのですが」

女がちらっと離れ家に眼をやった。

「いませんよ。淳の葬儀の翌日から休んでるの」

「ずっと……」

真子と食事をしたときの会話を思いだした。

――きのうは夜おそくまで仕事をしたのでお休みをくれたの――

あのときはもうしばらく休むときめていたのだろうか。

その疑念は胸に収め、とっさに思いついた嘘を口にした。

「困りました」

「なにか」

「じつは、淳君の葬儀の日にもこちらを訪ね、真子さんにお話を伺ったのです」

「まあ。あの人が新聞記者と……」

女が切れ長の眼を見ひらいた。あきらかに憤慨している。

「自分が半ば強引に……それで、あの離れで五、六分話したのですが、どうやらケータイを置き忘れたようで……ほかにも心あたりをさがしたのですが、見つからなくて。最後に残ったのがこちらというわけです」

　女は思案する表情を見せたが、あまり間を空けなかった。

「いいわ」

　女のあとに続き、庭を横切る。

「あなたは貴子さんですか」

「ええ。それもあの人に」

「それくらいの予備知識はあります。おとうさんはご在宅ですか」

「いればおことわりしています。父がマスコミ嫌いなのも予備知識にあるのでしょ」

「まいった」

　貴子が離れ家の玄関の鍵を開ける。

「離れ、あなたが使ってるの」

「冗談でしょ。気持ち悪い」

「でも、鍵を」

「これはマスターキー。父も母も留守にすることが多いので、わたしが持ってるの。生きてるときは、淳が持ってたけどね」

　室内に入るなり、貴子が甲高い声を発した。

「へえー。あの子、こんな殺風景な部屋に住んでたんだ」

「入ったこと、ないの」

「初めてよ。あの子、怒るし、わたしは興味なかったし……あら」

また声がはずんだ。視線の先に煙草のパッケージがある。

「あの人、ここで煙草を喫ってるんだ」

「真子さんのこと」

「ほかにいないでしょ」

「嫌いなんだ」

「このままこの家から消えてくれればいいのよ」

「親戚の子なんだろう」

「どうだか……父に遠い親戚と言われたけど、わたしは信じてない」

「でも、おとうさんがそう言うのなら」

「父にはいろいろ体面があるからね」

「いつからここでお手伝いを」

「二年くらい前。わたしにも母にも相談なく、父がいきなり連れてきて……とにかくわたし、あの人の声も聞きたくないのよ」

はっとした。脳裡を閃光が走った。

「声も……」

「そうよ。男に媚を売るようないやらしい声。下品よ」

「葬儀がおわったあと、真子さんのケータイに電話しなかったかな」

「するもんですか。番号も知らないわ」

四方は納得した。

これから帰るという連絡であれば、家の固定電話で済むはずだ。

貴子がきょろきょろと室内を眺めまわしているうちに、隣室のドアを開けた。

デスクのパソコンを起動させた。

もどかしいほど時間が長く感じる。

画面があらわれ、マウスをクリックする。

電子メールの受信トレイをひらいた。

同時に、貴子が入ってきた。

「あったよ」

かけた声は上擦っていたかもしれない。

「淳君のパソコンを見せてもらったときにケータイを使ってね」

「もうでるわよ。なんだか薄ら寒くなってきた」

四方は、画面に眼を走らせ、パソコンの電源をきった。

「早く」

貴子に急かされても、体が反応しなかった。

心臓がパクパクとはねている。

12

柏木悦郎は腰をうかし、声を荒らげた。顔面が朱に染まる。

「きさま、無礼だぞ」

鹿取信介はしらっとしている。

相手の器量のほどは見切った。もとより、風上にいる。

――なにかと悪党呼ばわりされてる割にはいい顔してますね――

挨拶代わりのひと言で、柏木は過敏な反応を見せた。

余裕がないというより、単なる小者である。小悪党ほどむきになり、よく吠える。

「霞が関の先輩の頼みなので会ってやったのだぞ」

「その先輩に電話しましょうか」

鹿取は携帯電話を手にした。

財務省の大臣官房長に電話したのはけさのことである。

電話して十分ほどで連絡があり、午後三時に柏木の自宅を訪ねるよう言われた。

してやったりの心境にはほど遠い。そうなる確信はあった。次期政務次官の呼び声が高いその官僚には一生ものの貸しがある。とっておきの情報屋でもある。

遠藤和生の死から丸一日が経っても、柏木は任意の事情聴取に応じていなかった。所轄署が自殺と断定したことで、警視庁幹部が配慮したせいもあるのだろう。

早々に撤退した強行犯七係は未練がなくても、鹿取にはある。しかし、正攻法では面談できない。司法とマスコミを嫌う柏木が児島要の聴取に応じたのは世間への体面があったからだ。そうでなければ、息子の葬儀の日に聴取を受けるわけがない。

鹿取はむだな努力などしない。やると決めればあらゆる手段を講じる。

財務省の大臣官房長は、十三年前に起きた構造汚職疑惑の中核にいた。その傍らにいたのが柏木である。柏木が悪党仲間の親玉の依頼をことわるはずがなかった。

「いらん。それをしまえ」

柏木がぞんざいに言い、ソファの背に身を預けた。

鹿取は、肘掛けに体を寄せた。

「亡くなられた遠藤さんとはどんな話をされたのですか」

「君は息子の事件を担当してるのではないのか。わたしは、殺された息子の仇《かたき》をとりたくて、忙しい時間を割いたんだよ」

「もちろん、経堂の殺人事件を解決するために動いている」

「遠藤の自殺が解決の糸口になるとは思えんが」

「その判断はこっちでやります。ところで、妙な噂を耳にしましてね」

「どんな」

「総務省を軸に、国交、経産、農水の、横断的な利権疑惑……地上デジタル化にからんだおいしい利権に群がっているとか」

「おい」

柏木が声にすごみをきかせたが、無視した。

「その中心人物が柏木悦郎……あんただという噂もある」

「いいかげんにしろ。きさま、だれにものを言ってる」

「息子を殺した犯人、捕まえたくないのか」

「うるさい。不愉快だ」

柏木が立ちあがろうとする。

「いいのか。俺は、あんたの利権なんざ、興味ねえんだ」

柏木の動きが止まった。

視線がぶつかる。初めて、柏木が悪党の面をあらわにした。

もう遠慮はいらない。

「俺のこと、先輩におしえられなかったのか」

「忠告された。ハイエナみたいな野郎だから、さっさと片づけたほうがいいと」

「それだよ。利権まみれの先輩も無事でいる。わかるよな」

「うっ」

「経堂の殺人事件、遠藤和生の自殺、それに、あんたの息子が殺される二日前に岩手でおきた弁護士殺人事件……俺は、どれもおなじ背景にある出来事だと思ってる」

「し、知らん」

「ひとつひとつ丁寧に洗うのも手だが、まどろこしいのは苦手でね。俺のほうがくみ易いんじゃねえのか。丁寧に洗えばあんたも聴取される。任意じゃなく、強制でな」

「おどしてるのか」

「そうとるか。助けてくれてると思うか……あんたの勝手だ」

鹿取は視線をそらし、煙草を喫いつけた。

三十秒はすぎたか、一分は経ったか。

おおきく息をぬく音がした。


柏木家を去ると、小田急線の経堂駅へむかった。歩いて五分の距離だ。

約束の時刻には余裕があるけれど、沖純子はすでに来ていた。

喫茶店の窓際の席で、うつむきかげんに座っている。グレイのシャツに黒のスーツを着ているので、なおさら憂いの表情がきわだつ。
となりにもうひとり、黒のスカートとセーターを着た女がいる。
水島友里恵に違いなかった。
昼前の電話で、純子は、たぶん友里恵も一緒になると言った。
願ってもない。
その直前に柏木との面談が決まったので、運気の流れを感じた。
強烈な運気が自分を光の見えるほうへ運んでいる。
その光はいま、眼でとらえている。
鹿取は、純子の前に座った。
たまらんよな。
眼でささやいた。
純子がかすかにほほえみ、口をひらく。
「水島友里恵君よ」
友里恵が黙って頭をさげる。
「通夜に行くのか」
今度はちいさくうなずいた。
遠藤和生の通夜は桜上水の自宅で執り行なわれるらしい。

時刻はまもなく午後四時になるところだ。時間はたっぷりある。

「まだ呼ばれてるのか」

「えっ」

「北沢署のタコ坊主、しつこいからな」

友里恵の口元がほころんだ。

「もう……でも、聖人君はきょうも呼びだされたみたい」

「聖人のおやじが殺されかけたのは知ってるか」

「きのう、電話で……どうしていやなことばかり続くのかしら」

「もうおわりだ。おわらせる」

純子が眼をまるくした。

「犯人がわかったの」

「淳を殺した犯人のことか」

「ええ」

「岩手の放火も、遠藤の自殺も、すべてがひとつの風景のなかにある」

「そんな……」

純子が語尾を沈め、眼をふせた。

おどおどしているのが手にとるようにわかる。悪い予感にふるえているのだ。

しかし、だからといって配慮する気はない。おわらせるしかないのだ。

鹿取は、友里恵を見すえた。

「おまえのおとうさんの話をする。いいか」

友里恵も見つめ返した。

「柏木悦郎と遠藤和生、その両方と付き合いがあるのを知ってるか」

「はい。はじめは淳君のおとうさんのほうだけ……中学一年になったとき、わたしのおとうさんに頼まれたの。淳君と仲よくしてほしいって」

「遠藤の息子は」

「淳君に聴いた。あいつは俺に逆らえないと……あいつの父親は俺のおやじのせわになってるからって……わたし、そのとき頭にきて、怒ったんだけど、淳君、笑ってた」

「自分のことは話さなかったのか。おなじ立場だと」

「言えなかった。おとうさん、淳君のおとうさんを、とても大事な人だと」

「やさしいな」

「えっ」

「なんでもない。ところで、先週の土曜日、おとうさんはどこにいた」

「それ、淳君が殺された日……おとうさんをうたぐってるの」

「容疑者のひとりだ」

「そんなこと」

純子が声を張りあげた。

「なに言ってるの。じつの娘なのよ」

「正直に話してる」

きっぱりと応え、視線を友里恵に戻した。

「容疑者は何人もいる。四方聖人を含めてな。俺は、駆け引きなどせん」

「わかりました」

「応えてくれ。あの日、おとうさんはどこにいた」

「知りません。自宅にいなかったのはたしかですが」

「先月の末は。二十九日か三十日はわかるか。水曜か木曜だが」

「それはなにがあった日ですか」

「岩手で殺人事件がおきた」

「やめて」

純子の声が引きつった。

離れたところに座る客たちが一斉に視線をくれた。

「なんども言わせるな。もうおわらせる。そのために訊いてる」

「いいんです」

友里恵が純子に言った。

純子が両手で友里恵の左手を握った。

「刑事さん。家に帰って調べます。お手伝いさんが知ってるはずなので」

「もうひとつ、おとといからきのうにかけても調べてくれ」

「遠藤のおじさんが自殺した日ね」

「聖人の父親が殺されかけた日だ」

「……」

友里恵が息をのんだ。

純子の顔が固まった。血の気がひくのが見てとれた。

「おとうさんは、野尻湖にいたはずです」

「野尻湖……信州のか」

「はい。別荘があって、そこにいると、おとといの夜、電話がありました」

「そうか。おまえはおとうさんを信じてるんだな」

「あたりまえです。犯人じゃなくて、容疑者なんでしょ」

「そうだ」

胸が痛くなってきた。

そろそろ鬼の仮面がはがれおちそうだ。

鹿取は、煙草を喫いつけてから、言葉をたした。

「おとうさん、通夜に来るのかな」

友里恵が顔を左右にふった。

知らないのか、こないのか。

どちらかわからない表情だった。

たぶん、そのことは話し合っていないのだろう。

水島透と遠藤和生の仲を、友里恵は知っていても、父親は娘に話していない。

柏木と、遠藤、水島の力関係は、先ほどの柏木悦郎の話で理解している。

それはおそらく、友里恵にもわかっているのだろう。


沖純子らとは別行動で遠藤家に足を運び、路地角から小一時間あまり弔問客をチェックしたあと、電車を乗り継いで中野新橋の食事処・円へむかった。

時刻は八時半になる。夕食には遅い時間でも、一階のカウンター席にはラフな格好の中年男らが六、七人、酒と肴で寛いでいる。

鹿取は、いつものように無言で彼らのうしろをとおり、二階にあがった。

児島要が背を見せて胡座をかいている。

鹿取は指定席に腰をおろした。

「捜査会議にでなかったのか」

「でましたよ」

児島がぶっきらぼうに応えた。

「なにを怒ってる」

「鹿取さんに口止めされましたおかげで我慢の連続です。稲垣係長には大目玉を喰らい、会議は上野さんに仕切られて……情けないったらありゃしない」

「おまえの愚痴、めずらしいな。単独捜査は身内をだますのが鉄則だろうが」

「わかってるけど、今回は的が多い。とても、自分と鹿取さんの二人では……係長の了解をとりつけて、倉田さんだけでも仲間にいれてはどうですか」

「的は絞った」

「ほんとうですか」

鹿取は、手酌の酒をあおった。

「だれなのです」

「その前に、岩手の話をしろ」

児島と会うのはきのうの朝以来だ。児島は東北新幹線の始発に乗り、その日の夕刻には四方春男と一緒に帰京した。その足で北沢署の捜査会議に出席し、きょうは、経堂の殺人事件の周辺にいる人物の、ここ数日の行動をさぐっていたらしい。

会っていないあいだはまめに報告してくる。

「興味深い話を聴きました」

そう前置きして、児島が帰りの列車のなかでの四方の話を語りだした。

鹿取は口をはさまなかった。

酒を舐め、煙草をくゆらせながら、頭の整理をしていた。

きょうの柏木悦郎と水島友里恵の話とかさね合わせ、その信憑性《しんぴょう》を吟味していた。

いま鹿取がほしいのは、経堂と岩手でおきた殺人の、確たる動機である。

「聴いてるのですか」

児島の棘のある声に、顎をあげた。

「聴いてたさ。遠藤が見た相手というのは、エキサイト・チャンネルの水島透だ」

児島が眼の玉をひんむいた。

「そのとおり」

野太い声がして、襖がひらいた。

東洋新聞社の八田忠成がぬっと突っ立っている。

鹿取は苦笑をもらした。

いつもならどかどかと足音を立てるのに、忍び足で階段をあがり、襖のむこうで盗み聴きをしていたらしい。あるいは、自分が思慮の沼にはまっていたのか。

八田がとなりに座るや、児島が口をひらいた。

「どうして、断言できるのですか」

「本人がそう言ってる」

「遺書が見つかったのですか。そんな話、聞いてませんよ」

「俺もついさっき知った」

「その遺書、どこにあるのです」

「遺書じゃねえよ。メールだ。遠藤は、水島にメールを送った。出張先の岩手で、それも温泉旅館で離れからでてくる水島を目撃したとな」

「脅迫ですか」

「忠告だろう。仲間だからな」

八田がさらりと返した。

なにを隠してやがる。

鹿取は胸のうちでつぶやいた。しかし、詰問する気にはならない。

八田の気質はいやというほどわかっている。人情の部分はひたすら隠す男である。

それとは別に、自制心が働いた。洗いざらい聴けば面倒になる。

地上デジタル化にからむ利権疑惑は、総務、農水、国交、経産と、複数の省にまたがっている。利権に群がった官僚は五人十人ではないのだ。

詳細は語らなかったけれど、柏木悦郎の独白はそう感じさせるのに充分だった。

――俺は、遠藤を説得したのだ。ケータイに自殺をほのめかすメッセージが入っていたからな。赤坂のホテルの名もあった。それで、助けてほしいのだろうと思い、電話をかけた。あいつは迷ってた。で、言ってやったんだ。だれも俺たちに手だしはできんとな。しかし、あいつは疑惑隠しのために死ぬんじゃないと……そう言った――

柏木は今回も安全な場所にいる。彼の独白は、鹿取の追及を恐れたからではない。懺悔《ざんげ》の念などではさらさらない。自信の裏返しなのだ。

それだけは確信できた。

霞が関の利権疑惑に情がからむ余地はない。省庁の体面と、官僚の身の安全がすべてに優先する。贈収賄でも構造汚職でも、多額のカネを使い、大量の汗を流すのは民間の企業や団体だが、彼らはみずからが罪に問われようと、官僚を道連れにはしない。すれば、省庁との縁が切れる。たとえ役人の顔が変わろうとも相手にされなくなる。

ましてや、今回の利権疑惑の源流は国家事業の地上デジタル化である。

真っ黒な疑惑があろうと中止にはできない。となれば、疑惑は闇に葬られる。疑惑を追及する者にはすさまじい圧力がかかることになる。

いまはもう、自分と児島の二人でやると胆《きも》をくくっている。

自分に警察への未練はない。

児島要はなにがあろうとクビにならないだろう。警察官は児島の天職なのだ。天職であれば、それをまっとうするだけの運気を備えているはずである。

児島の瞳が熱を帯びた。

「そのメール、どこにあるのです」

「削除されたらしい。俺は、見たのではなくて、四方春男に聴いた」

「どうして彼が……そんな話、聴かなかったのに」

「東京駅でおまえと別れたあと、やつは遠藤の自宅を訪ねた。遠藤の書斎にあったパソコンで、そのメールを見つけたらしい」

「ずいぶん話を端折ってはいませんか」

児島が体ごと迫った。

「遠藤の家を訪ねたのはわかります。旅館の仲居の証言がありますからね。でも、捜査令状を持たない新聞記者が書斎に押しいり、パソコンを検索するとは考えられない。かりにできたとしても、そんな重要な物証を削除するはずがない」

「しょうがないだろう。事実なんだ。やつは嘘をつかん」

児島が幾度も顔を左右にふった。信じられないというより、あきれている。

「もういい」

鹿取のひと言に、児島が咬みついた。

「なにがいいのです。物証ですよ」

「俺らの捜査には関係ない」

「そ、そんな」

「柏木淳を殺した犯人をパクる。それでおわりだ」

鹿取は、視線を八田に移した。

「ところで、仙台のほうはどうだった」

きのう、鹿取は自宅にこもり、八田と頻繁に連絡をとっていた。

八田は、柏木悦郎、遠藤和生、水島透の三名の、情報収集に奔走していた。

十月二十九日、弁護士の杉浦勉が事故にあった前日に、柏木と水島が仙台にいたことを突き止めた八田は、けさ、仙台へ飛んだ。

八田の情報を得て、鹿取は柏木との面談を決意したのだった。

「水曜日の昼、柏木と水島は別々に仙台へ入り、総務省主催の〈地上デジタル化推進のための説明会〉に参加した。ひき続いて、東京キー局の仙台支社の幹部数名と個別に会談したあと、作並《さくなみ》温泉で行なわれた地元民放連主催の慰労会に招かれた」

「盛岡とまったくおなじですね」

児島の声に、八田が即応する。

「同様の説明会は全国各地で頻繁にやっている」

「仙台にいたのに、翌日の盛岡へどうして行かなかったのです」

「ちゃんと担当が仕分けされてる。それに、国交省の柏木は来賓扱いだ」

「水島は」

「民放連の幹部は親睦《しんぼく》とぬかしたが、たぶん、利権の住みわけだろう。そのために、エキサイト・チャンネルは総務省に接近したんだ」

児島が口をへの字に曲げた。この手の話になると不快感をあらわにする。

鹿取は、眼で先をうながした。

「翌日、柏木は朝十時に旅館を発ち、タクシーで仙台駅へむかった。午後一時に、都内のホテルで財界人と昼食をとったのが確認できた。問題は水島透だ。水島は正午に旅館をでたのだが、タクシーを呼ばなかった」

八田が酒をひっかけたのち、話をつぐ。

「旅館の従業員が、近くに停まっていた車に乗るのを目撃してる。いまのところ、白のセダンというだけで、車種もナンバーもわかっていないが」

「作並温泉から岩手の玄武温泉までどれくらいかかる」

「のんびり走っても、三時間あれば充分だ」

「盛岡で、民放の連中には会ってないのか」

「説明会には出席していなかった。個別会談のほうは、わからん。仙台での聴き込みが精一杯で、岩手にまわる時間はなかった。おまえのほうはどうだ」

「家の者の話では、その日の行動はわからんそうだ。水島はしょっちゅう外泊するので、おおよそのスケジュールをおしえられてる家政婦も記憶があいまいらしい」

円につく直前、友里恵から電話をもらった。

「先週の土曜日はどうだ」

「信州の野尻湖にいた。そこに水島の別荘がある。ついでに、きょうもそこにいるとか。自宅に電話があれば、別荘の電話番号をおしえるよう言われてるそうだ」

「ケータイを持ってるだろうに」

「電波がとどかんらしい」

「都合のいい話だな」

八田がにっと笑った。

鹿取は沢庵をかじった。

「なんですか、二人とも。自分をのけ者にして」

「いま話してる」

児島が頰をふくらませた。

「おい、児島」

八田が助け舟をだしてくれた。

「ふてくされる前に、岩手の事件の捜査状況をおしえろ」

　児島が表情を戻した。事件の話になると、児島はすべてを忘れて熱中する。

「むこうの捜査本部《チョウバ》は、事件の背景を読み解いたようです。住民運動がおきた当初、杉浦は市民団体の支援要請に乗り気ではなかった。態度を一変させたのは九月初旬、杉浦の口座に一千万円が振り込まれたあとのことです。杉浦は、場外売場建設の推進派に買収され、反対派を支援するように見せかけ、裏では和解の根まわしをしていた。そのことは、反対派と賛成派の両方から複数の証言を得ています」

「よくある話だ。で、実行犯の目星はついたのか」

「トラックの窃盗の容疑で複数の人物をリストアップしているとか。しかし、どうもはっきりしなくて……何度も問い合わせるので、けむたがられたようです」

　八田が手帳にペンを走らせ、その頁を破った。

「その番号にかけろ」

「だれなのです」

「岩手県警捜査一課の南国猛という警部補だ。うちのカメラマンのポン友でな。杉浦の事件を担当してる」

「それならもっと早く」

「ふざけるな。手持ちの情報を刑事に売るなんざ、記者として恥さらしだ」

「それならどうして……」

八田が顎をしゃくった。

「こいつとつるむと、ろくなことにならん」

鹿取は、ぐるぐる首をまわし、すっとぼけた。

児島がクスクス笑う。

「笑ってる場合か。もうひとつ、報告することがあるだろう」

「あっ」

「早く言え」

児島は八田に頭があがらないようだ。

「天野真子は自宅にいませんでした。マンションの住民は、ここ数日、姿を見てないと」

鹿取は、八田に訊いた。

「だれだ、その女は」

「柏木家のお手伝いだ」

「どうして、その女を追う」

「四方春男に接近してるのが気になる。で、経歴を調べてみたのだが、柏木悦郎の親戚というふれこみは嘘だった。いま、くわしく調べてるさなかだ」

「隠すな。その程度の情報で、あんたが児島を使うもんか」

「はっきりすればおしえる」

「ふん」

鹿取は、酒をあおり、沢庵をかじる。それでたいていはいらいらが鎮まる。

「どうして自殺したのかな」

児島がぼそっとこぼした。

すかさず、八田が訊く。

「遠藤のアリバイは完璧なのか」

「ええ。経堂の事件も、岩手の事件も、ついでに、放火の時刻も」

「追い詰められたか」

「柏木に……トカゲの尻尾《しっぽ》にさせられた」

「それはない」

鹿取はきっぱり言った。

児島も八田も反論しなかった。

「遠藤とおなじで、柏木はどの事件にも関与していないだろう」

直接的にはというひと言はあえてはぶいた。

児島はともかく、長い付き合いの八田なら心中を察してくれるはずだ。

「残るは……」

児島が声をとぎらせ、眼に力をこめた。

「自分は、あした、野尻湖へ行きます」

鹿取は黙って児島の眼を見つめた。

「鹿取さん。ここでの話、係長に報告し、仲間を動員しますよ」

「やめとけ。犯人を特定できたわけじゃねえ」

「しかし、ほかは考えられません」

「だめだ。犯人を特定する前に一連の事件の背景を話せば、捜査本部をはずされる」

「冗談を」

「あまいぞ」

語気を強めた。

児島が射るように睨んだ。

しかし、抗議の言葉はでなかった。

三人は、黙って盃を手にした。

13

助手席に座るなり、関根豊が顔をむけた。

「いま、南国と話しました。むこうの捜査は詰めをむかえてる感じです」

関根はきのう盛岡から戻った。四方の怪我《けが》と事件を案じてか、けさは四方の自宅まで車で迎えに来て、そのまま付き合ってくれている。すでに四時間が経つ。

「杉浦殺しの犯人を特定したのか」

「資材置場に出入りする者の証言で、トラックを動かしたのは建設会社の人間だと……それから先、事故現場の付近で見かけるまでの目撃証言はなく、捜査本部は、トラックを動かしたとされる人物を任意で引っ張り、聴取を続けています」

「盗難届には、資材置場から盗まれたと書いてあるのか」

「ええ。しかし、その人物には事故発生時のアリバイがありまして……警察は、トラックを動かすよう指示した者がいると読んでるようです」

「時間の問題だな」

四方はにべもなく言った。

頭のなかはほかのことで一杯である。

「これから、どちらへ……」

眼で声をさえぎり、携帯電話を耳にあてた。

「四方です」

《どこにいる》

八田の口調は乱暴だった。

「これから野尻湖へむかいます」

《やめろ。警察にまかせるんだ》

「いやです。俺にはどうしてもたしかめたいことがある」

《なにをつかんだ》

「……」

《田口雅之か。やつのなにを知った》

どうして田口なのですか。

その言葉は胸にとどめた。田口の件で電話してきたのだと、ふいに思ったからだ。

「たったいま、田口の自宅をでたところです」

女の顔がよみがえった。


玄関がひらいたとき、四方は思わず顔をしかめた。

一年ぶりに見る田口美保《みほ》の顔はまるで別人だった。潑剌《はつらつ》とした笑顔しか記憶にないような人である。その映像が吹っ飛んだ。

眼がくぼみ、瞳は生気をなくしていた。顔の肌は荒れ、乱れたショートヘアには白いものがめだっていた。

部屋に招きいれられた。

「もう、だめね」

「なにがあった」

「うちの人、家に寄りつかなくなって」

「いつから」

「半年くらい前よ」

「原因はなんなんだ」

美保が首をふる。

「話す機会もなくて……わたしが電話しても面倒くさそうに……いまでは電話する気力もなくなったわ。たぶん、おカネのせいだと思う」

「博奕《ばくち》でもやってたのか」

「わからないの。でも、あぶない感じのする男からよく電話がかかってきてた」

「きてた……いまはないのか」

「ひと月ほど前からかかってこなくなった。それでも、うちの人は帰ってこないの」

話すほどに、美保の表情が暗くなった。

四方は、割りきって本題を口にした。

「あいつのパソコンを見せてくれないか」

「えっ。パソコンを……どうして」

「理由はあとでおしえる。もしかすれば、あいつのなにかがわかるかもしれん」

ここを訪ねる前、東洋新聞社の報道局フロアにでむき、田口のデスクに座った。周りのだれもとがめなかった。四方は元同僚で、皆が田口との仲も承知している。

田口のパソコンを起動し、電子メールを検索した。

しかし、めあてのものは見つからなかった。

柏木淳のパソコンには、送信先にm_taguchi@toyoshinbunの文字があった。文面は遠藤和生が水島透に宛てたものとおなじで、送信日は淳の葬儀の日になっていた。

柏木貴子の話を鵜呑みにすれば、マスターキーを持つ貴子はもちろん、両親も離れ家に入っていないのだから、天野真子が送信したことになる。

田口はメールを見たあと、どうしたのか。削除したとは思えなかった。田口は何事にも慎重な気質で、しかも記者としてやることにそつがない。

安全な場所に移動させ、保管したとすれば、それは自宅しか考えられなかった。

四方は、田口の家へ行くまでの経緯を八田に話した。

《で、見つかったのか》

「はい。ほかに、天野真子とのやりとりも」

《ロックはしてなかったのか。田口は冷静で慎重な男だと聴いたが》
「もちろん、ロックはかかっていたけど、暗証番号を知ってるので……」
《おまえとはそれほどの仲なのか》
「ええ。不測の事態がおきたときのために、お互いの暗証番号をおしえ合っていた」
ため息が洩れ聞こえた。
「俺は、あいつを殴りたいのです」
《裏切られたからか》
「そんなことは……」
声を濁した。心のけじめの問題なのだ。八田といえどもかかわらせたくない。
《田口の車だが、白のセダンだよな》
「そうです」
《杉浦の事故の当日、仙台の作並温泉で水島を乗せたやつがいる》
「そのへんのことも、真子とのメールに書いてありました」
《放火のことは》
「ありません。最後のメールは、俺が岩手へ行く前日でした」
《真子の電話、おまえの居場所を確認するためだったんだな》
「おそらく。岩手に行くことは田口にしゃべったし、杉浦の事故の話をしたとき、玄武温泉の名を口にした。そのうえ、あいつは離れの場所を知っていた」
《杉浦に会ったのは水島と田口ということか》
「間違いありません」
《そこまで断言するのなら、俺も話すが、田口にはよくない噂があった》
「やっぱり。八田さんは田口のことを調べていたのでしょう。初めて利権疑惑の話をしたとき、俺が田口の名を言うと、八田さんの表情が変わった」
《さすがだな》
「俺に気づかって……」
《社の仲間だ》
「おしえてください。噂の中身を」
《株で大損したという噂だった。新聞社には、そんなやつはゴロゴロいる。兜町《かぶとちょう》の記者クラブに詰めてる経済部の記者はもちろん、政治部の記者も……いわゆる、政治銘柄といわれる、あぶなっかしい株だ。田口は信用買いで七千万円の穴をあけた》
「事実だったのですか」
《ウラのとれてない話はせん。田口を引っ張り込み、自分も大損した議員がいる》
「民和党の中里俊夫ですね」
《そうだ。やつは郵政族議員の領袖《りょうしゅう》だった父親の跡を継ぐ二世議員だ。例の疑惑にも深く

関与してるらしい。水島が衛星放送の会社を設立するさい、中里の父親が旧郵政省との橋渡しをしたということだ》
「柏木悦郎の役まわりは」
《あいつは汗などかかん。霞が関の人脈だけでうまい汁を吸ってる》
「手配師ですか」
《そのとおり。霞が関には、いろんな得意技を持つ連中が大勢いる》
「田口の借金の話に戻りますが、女房の話では、ひと月ほど前からあやしげな男からの電話がこなくなったとか」
《だれかが肩代わりして、始末したんだろう》
「水島ですね」
《さあな。ところで、田口と真子のメールに水島の名はあるのか》
「あります。どちらが書いたメールにも」
《ほう》
意外そうな声がした。
「気にいりませんか」
《女がからむとややこしい。俺の読みも、女に関してはよくはずれる》
「真子は田口の女なのですか」

《俺は、田口が真子の男だと思っていたが……まあ、いいか》
「よくないです」
《どのみち、メールは決め手の物証にならん》
「俺には証拠なんて必要ない。はっきり言って、事件の真相なんて興味ない」
《頑固なやつだぜ》
「八田さん」
《ん》
「もう警察が動いてるのでしょ」
《ああ》
「それなら、すこしのあいだ、俺の好きにさせてください」
四方は、返事を待たずに、電話を切った。

まばたきするあいだにも夕闇が深まり、野尻湖の水面に映る黒姫山が薄れてゆく。
さらに湖を半周したときはもう、あたりは真っ暗になっていた。
野尻湖の別荘は、ほとんどが森の木立に隠れている。
四方は、関根を車に残し、小路を歩いた。
すぐに草地にでた。

その先に、二階建てのログハウスが見える。門も、塀もない。

玄関脇の、砂利の広場に二輌の車が停まっている。

白い国産車はナンバーを確認するまでもない。

黒のベンツはナンバーを見て水島のものとわかった。

階段を踏み、玄関の扉の前に立った。

胸いっぱいに冷気を吸い込んだのち、インターホンを押した。

ほどなく扉がひらき、周囲があかるくなった。まぶしいほどの光量だ。

長身で、がっちりとした体格の男があらわれた。茶色のコーデュロイのパンツに、白地に緑と赤のデザインが入ったセーターを着ている。

スーツ姿の写真しか見ていないけれど、水島透とわかった。

水島が余裕の笑みをうかべた。

「どなたかな」

「夕刊さくらの四方春男といいます。こちらに田口がお邪魔してると思いますが」

「いるよ。呼ぼうか、それとも、なかに入りますか」

「お邪魔でなければ」

「邪魔なものか。来客は大歓迎だ。それに、あなたの名は聴いている。さあ」

水島が背をむけた。

四方はあとに続いた。

フロア一面のリビングは、緊張がとろけるようなぬくもりがある。

おおきな暖炉のせいだろう。炎がゆれている。

水島に勧められ、中央のソファに腰をおろした。

「田口は」

「いま、二階で打ち合わせをやってるようだ。すぐに降りてくるだろう」

四方は、室内に視線をめぐらせた。

右手に螺旋《らせん》階段がある。

暖炉の脇には鹿や禽鳥《きんちょう》類の剝製《はくせい》が飾ってある。ならんで、壁にショーケースがあり、なかには五挺のライフルや散弾銃が立て掛けてある。

「水島さんの趣味は狩猟とか」

水島がソファの脇にあるライフルを手にした。

「これを触ってるだけでワクワクする」

そう言って、布で銃身をぬぐい、いきなり銃口をむけた。

四方はのけ反った。

水島が愉快そうに笑う。

「弾は装塡していませんよ。あした、山に入るので、準備をしていたのです」

ライフルを戻し、スコッチのボトルを手にした。

「ロック、それとも、水割りにしますか」

「ロックを」

医者の忠告など聴いていられない。

水島がロックグラスをさしだしながら話しかけた。

「あなたは、岩手の住民運動の取材をされているとか」

「あれは収束しました」

「ほう」

「ご存知なのでしょ」

水島の顔から笑みが消えない。

それで、むきになった。

「過疎地での合同場外売場、あなたが計画されたとか」

「田口君がそう言ったのか」

「いえ。しかし、全国各地に建てられている同様の施設内での放映権は、エキサイト・チャンネルの系列会社が独占してる」

「公営ギャンブルのライブ中継はわが社の目玉なのだ。それより、岩手の話を聴きたい。どうして住民運動は収束したのかな」

「建設推進派が弁護士を使って、反対派の結束をみだした」

「ほお」

「東西銀行の銀座支店から、その弁護士の個人口座に一千万円が振り込まれた。エキサイト・チャンネルのメインバンクも東西銀行ですよね」

「そう。しかし、東京の多くの企業が東西銀行と取り引きしてる」

「あなたが、それに田口も同席して、盛岡の玄武温泉でその弁護士と会われた帰り道、弁護士は交通事故にあった」

「そのことは田口君に聴いたよ」

「即死でなくてハラハラしたでしょう」

水島の眼光が鋭くなった。

「弁護士に追加の金銭を要求されたのですか」

「知らんな。わたしは、なんとかという温泉に行った記憶がない」

「そろそろ田口を呼んでもらえませんか」

「じきに降りてくるさ。話の続きをしよう。わたしはいささか不愉快になってる」

「俺の話は憶測でも絵空事でもない。十月三十日、前日から仙台にいたあなたは田口が運転する車で玄武温泉へむかい、旅館の離れで弁護士に会った。人払いしたのは弁護士の都合かもしれないが、そこまでの話はたしかな証拠がある。目撃者の証言もある」

「目撃者……」

水島が薄く笑った。

「目撃者が自殺してほっとしてるのですか」

「なんの話だ」

「総務省の調査官、遠藤和生は偶然、旅館の庭を横切るあなたを目撃した。それは認めますよね。遠藤さんがあなた宛に送ったメールが存在する」

「存在するとして、遠藤はもはや証人になれない」

「死人に口なしというわけですか。ところで……」

四方は前《まえ》かがみになった。

「あなたが庭を歩いていたとき、田口はどこにいたのですか。遠藤さんのメールにはその場の光景が詳細に書かれていたけれど、連れの存在を示す文面はなかった。遠藤さんは、旅館の仲居に離れにいる人数を聴いたにもかかわらず、メールに登場する人物は、あなたと弁護士しかいなかった」

「なにが言いたい」

「弁護士は、反対派の住民との和解工作に成功した場合の報酬として、あなたに一億円を要求したそうですね」

「知らんな」

「場外売場の建設工事を発注した地元の建設会社に、トラックを用意させたのはあんただろう。直接的な指示かどうかは警察の捜査にゆだねるしかないが、それはともかく、弁護士との交渉が決裂した場合に備えて、あんたは次善の、乱暴な策を講じていた。その実行役を押しつけられた田口は、ひと足先に離れをでた」

「ばかげてる。荒唐無《こうとうむ》稽《けい》な妄想だ」

「田口の行動を記した別のメールが存在する。弁護士が一億円を要求したことも、あなたが次善の策を講じたことも、そのメールに書いてある」

「ばかな」

水島が声を荒らげ、視線をふった。

その先に、螺旋階段がある。


「おい」

鹿取の声に、小柄な男の体がピクッとはねた。

手のひらでその男の口をふさぎ、腕をつかんでログハウスから離れた。

木立に隠れる児島の顔を見て、男が体の力をぬいた。

児島が小声で言う。

「関根さん。四方春男はなかにいるのですか」

「はい。もう十五分はすぎています」

「で、心配になって窓から様子を見ていた」

関根がこくりと頷く。

鹿取は、あとをひきとった。

「なかは見えたのか」

「はい。レースのカーテンなので」

「何人だ」

「四方さんと、水島の二人です」

「東洋新聞社の田口とかいう野郎がいるそうだが」

「一階のリビングにはいません」

「天野真子もか」

「はい。でも、二階に……」

関根がさっきいたあたりを指さした。

「あの先にある外階段をそっとのぼりました。建物の裏側はバルコニーになっていて、カーテンをしめていないのか、あまりにあかるいので、こわくなりすぐ降りて……でも、はっきり男女のささやくような声が聞こえました」

鹿取は、すばやく頭を働かせた。

弁護士殺害の実行犯は、水島か田口か。あるいは、彼らに依頼された者か。だが、経堂の少年殺しと玄武温泉の放火事件に関しては、田口と真子のどちらか、もしくは共犯と考えるべきだ。

きのう、児島がひと足先に中野新橋の円をさったあと、鹿取は八田に迫った。

八田が天野真子の話あたりから言葉を選びだしたからである。

遠藤が水島に送信したというメールの行も歯切れが悪かった。

その二点がひっかかり、八田を問い質《ただ》したのである。児島がいなければ、生臭い話ができる。情報の中身と状況によっては、聞き流すことも、忘れることもできる。公安刑事のころは、そうやって職務を遂行してきた。

それがいいのか悪いのか、いまもわからないままだ。二年前のリークも事の善悪が行動の判断基準になったわけではなかった。無性に腹が立った。怒りのマグマを腹にかかえて生きれば己がこわれると感じたのだけはたしかである。

八田は、己の感情をひた隠し、集めた情報をさらけだしてくれた。

それを聴かなければ、児島と行動を共にしなかった。

二時間ほど前、野尻湖へむかっているさなかにも八田は連絡をよこした。

その電話で、別荘にいるだろう人物と、田口の個人情報をくわしくおしえられた。

「よし。ここを動くなよ」

関根に釘を刺し、児島に視線をやった。

「おまえは、玄関から堂々と入れ。俺は二階から突入する」

「突入って……」

児島の声に関根の声がかさなった。

「あのう」

鹿取は、関根を見た。

「なんだ」

「水島は銃を……たぶん、ライフルかと」

「それで四方をおどしてるのか」

「いえ。でも、手のとどくところに……」

「心配するな。四方を死なせたりはせん」

鹿取はログハウスに戻った。


二階の一室で、田口と真子は窓を背にしていた。

無言でドア口に立っている。

聴こえるのは男二人の会話だ。ドアもすこしあき、窓は半分ほどひらいている。

「覚悟をきめなさいよ」

真子が言った。

田口が真子をじっと見つめ、うなずいた。

真子が部屋をでる。田口が続く。

鹿取は、三つかぞえたあと、侵入した。鍵がかかっていてもおなじことである。公安刑事はピッキングなど朝飯前で、音を立てずにガラス窓を割ることもできる。

部屋をとおりぬけ、通路にでる。階段の上で身をかがめた。

上着の懐に手をいれ、拳銃《けんじゅう》を握った。二十二口径。小型のリボルバーだ。

けさ、ひさしぶりに身につけた。公安刑事のころは常に持ち歩いていた。潜入捜査などの危険を伴う内偵捜査や潜入捜査をやる公安刑事は、その多くの者が官給品だけれど、拳銃を携帯していた。

刑事部の刑事がそんなまねをすれば、内規違反の処罰どころか、犯罪者にされる。

「田口っ、きさま……」

四方の声がリビングに響き渡った。

立ちあがった四方を、児島がうしろから抱きかかえた。

田口と真子が近づき、ソファに腰をおろした。児島と四方の正面だ。

奥の一人用のソファに、水島が背を預けている。

座りなおした四方がぐいと身を乗りだし、田口を睨みつけた。

「洗いざらい、ぶちまけろ」

「わかった」

田口の声音に感情の乱れは感じなかった。

「もうおまえに嘘はつかん。疲れた」

「柏木淳、おまえが殺《ヤ》ったんだな」

「杉浦を転落死させたのも俺だ。運転したのは地元の建設会社の者だが、俺が助手席にいた。その翌日、総務省の遠藤さんから水島さんにメールがとどいた。脅迫なのか、忠告なのか、腐れ縁を強めたかっただけなのか……どうにでもとれる文面でな。それ自体はどうとでも対処できたのだが、そのメールを柏木悦郎の息子に見られた」

「柏木淳は父親をなじった」

「くわしいことは知らん。官僚てのは、自分の不利になる話は絶対にしない」

「だが、息子がメールの存在を知ったとの報告はあった」

「ああ」

「報告の相手はおまえじゃないよな。ここにいる水島さんか」

「違う」

水島が声を張りあげた。

「となると……」

四方が真子に視線を移した。

「あんたか」

真子がふんとばかりにそっぽをむく。

四方が畳みかける。

「あんた、田口のために、離れの玄関の鍵を開けたのだろう。淳君は、家族を部屋にいれたがらなかった。そんな彼が、俺の倅が訪ねてくるとわかっていても、鍵を開けて待っていたとは思えん」

「知らないわよ。メールの話も、いま初めて聴いたわ」

「とぼけるな。柏木淳は、友だちの遠藤克也の家へ遊びに行き、たまたま克也の父親のパソコンをいじって、メールを見たんだ。で、自分のパソコンに転送した。それを突きつけて、父親と言い争いになった。問題はそのあとだ。淳君の葬儀の日に、あんたは淳君のパソコンから田口のパソコンへ転送した」

「ふん」

真子がまた横をむく。

四方がなおもなにかを言いかけ、それを児島が手のひらで制した。

「あとはまかせてください。三人を捜査本部に連行します」

「冗談じゃない」

水島が声を荒らげた。

「待ってくれ」

四方も声をあげた。

「三分で言い。このまま田口と話をさせてくれ」

児島がうなずくと、四方は田口に視線をすえた。

「どうして、俺に霞が関の利権疑惑の話をした」

「おまえの眼をそらすためだ。息子を容疑者扱いされたおまえの行動が気になった。それで、岩手の騒動に神経をむけさせようと思った」

「柏木の息子の死との関連性をうたぐられるとは考えなかったのか」

「ちらっと気にしたが、大人と子どもの世界だからな。まさか、遠藤の息子までがメールの存在を知っていたとは……柏木淳は、父親にメールの出処《でどころ》を言わなかったんだ」

「それにしても……なんでなんだ」

田口がためらいの表情を見せたあと、口をひらいた。

「とっかかりは株だった。儲《もう》けようなんて思ったわけじゃない。ある人に誘われて、買ったんだ。買わなければ、その人の信頼をえられなかった。政治記者てのは、相手に気にいられて、信用されてようやく、一人前の記者として扱われる」

「中里俊夫だな。中里も大損をし、水島さんが、中里とおまえの負債分を補塡した」

田口がうなずく。

すかさず、真子が割って入った。眼があきらかに怒っている。

「中里先生は関係ないでしょ」

「そうだな」

田口が力なく応じ、視線を四方に戻した。

「中里さんとのやりとりは知らん。が、俺は水島さんに肩代わりしてもらった」

「たったの七千万で人殺しを」

「取り立てがきつかった。会社にも自宅にも、田舎の両親にも……耐えられなかった」

「ほかにも理由があるんじゃないのか」

「えっ」

「この女……」

四方が真子を指さした。

「中里の女だと知ってて……」

「言うな」

田口が怒鳴った。

「そうはいかん。俺を納得させろ」

「納得などだれにもできん。俺だって……どうしてこうなったか、わからんのだ」

「そんなことがあるか。この場に及んでも、この女は中里をかばってるんだぞ」

「俺と二人のときは、俺を思ってくれた」

「ばかな。だまされてるんだ」

「なんとでも言ってくれ。だまされてもいい夢を見ることだってある」

「正気とは思えん」

「わかってるさ」

田口がため息をつき、つぎの瞬間、田口の左手が真横に伸びた。

水島の脇にライフルが立てかけてある。

「やめろ」

児島が叫んだときは、もう遅かった。

田口が銃床を股にはさみ、銃口を顔にむけた。

「弾は入ってないぞ」

四方が叫んだ。

「そうだよな。水島さん」

「さあ」

水島がせせら笑う。

「きさまっ」

四方が水島に飛びかかろうとする。

そのときだった。

銃声が轟《とどろ》いた。

うめき声がした。

田口がライフルを放し、左手で右の二の腕を押さえた。

「ヘイヘイ」

鹿取は、階段を降りながら、言葉をたした。

「いつまで待たせやがる」

「鹿取さん、なにするんです」

児島の非難の声は無視した。

「全員、連行だ。水島、おまえも連れてゆく」

「容疑はなんだ」

「銃刀法違反。てめえ、いざというときのために、弾をこめてやがった。なんなら、俺がおまえにめがけてはじいてもいいんだぜ」

水島が口をゆがめた。

真子はふてくされた顔で天井を見つめていた。

14

北沢署をでたところで、上野音次が立ちふさがり、面を突き合わせてきた。

「とっとと帰れ。これからうちの島でおきた事件は桜田門に捜査本部を立てやがれ」

「デスクの掃除をしにきてくれるのか」

「雑巾で、そのきたない顔をふいてやる」

「そら、楽しみだ」

鹿取は、駅にむかって歩いた。

夕暮れのつめたい風が背を押してくれる。

傍らを歩く児島が話しかけた。

「発砲の件、どうなったのです」

「知るか。けど、俺の機転のせいで容疑者は死なずに済んだ」

「もしかして、鹿取さんの本籍、まだ公安部にあるんじゃないですか」

「あるかもな。けど、心配するな。公安刑事は退職しても監視されるそうだが、俺のほうはきれいさっぱり縁を切った」

「遠藤和生は、どうして自殺したんでしょうね」

「忘れろ」

「そのつもりなのですが、どうもこのへんが……」

児島が胸をさすった。

「おまえもガキをつくればわかるかもしれん」

「そう言わずにおしえてください」

「脅迫か、忠告か。それとも、田口が言ったように腐れ縁の絆《きずな》を深めるためだったか……けど、息子にばれて、なやんだ。息子に詫びたかったんだろうな」

「ほう」

「なんだよ」

「もしかして、鹿取さん、子どもがいるのですか」

「どこかに、いるかもな」

児島がほほえみ、すぐに真顔をつくろった。

「それにしても、女はわかりません」

「天野真子のことか」

「ええ。いったい、どういう女なのでしょう」

「中里俊夫の愛人だ。八田の話によれば、事務所で働かせていたのだが、家人と周囲にばれそうになり、柏木に預けた。水島ともできてたかもしれん」

「ええっ」

「主役が大好きな女ってのが、いるんだ。ありゃどう見ても、体を張って男につくすタイプじゃねえ。事件がなけりゃ、中里も女の肥しにされてただろうよ」

児島がガクッとうなだれた。

「いいじゃねえか。田口本人がいい夢を見たと言ってるんだ」

「でも、夢のつけがおおきすぎます」

「ほんの一瞬か、一時か……周りのなにも見えなくなる。それが本物の恋かもな」

「………」

「まあ、おまえにはわからんさ。永田町と女に関しては俺にまかせろ」

「そうします。ところで、さっき、八田さんから電話があって、ひと段落ついたら連絡しろと。今夜は徹底的に鹿取さんにたかると、勢い込んでましたよ」

「あいにく、先約がある」

「あっ」

「なんだ」

「女の人でしょう。倉田さんが言ってました。あいつ、また女ができたらしいって」

「おまえら、ほんとに口がかるすぎる」

「それもなれますよ。捜査一課の連中は公安刑事と違って、あかるいのです」

児島の笑顔が西陽を浴びて、輝いた。

しかし、いつもの気恥ずかしさは覚えなかった。

なれちまったのかな。

鹿取は、胸のうちでつぶやいた。

前方の反対車線に白い車が停まっている。

運転席には教師の沖純子がいるはずだ。さっき電話でナンバーをおしえられた。

鹿取の視線に気づいたのか、児島が話しかけた。

「鹿取さん、そのうち女でクビになりますよ」

「のぞむところだ。あばよ」

完

本書は平成12年10月に刊行された「硝子の絆」（ハルキ・ノベルス）を元に、新たに書き下ろしたものです。

Haruki Bunko
ハルキ文庫

は 3-10

強行犯三係《きょうこうはんさんがかり》

著者 浜田文人《はまだふみひと》

2010年8月18日 第一刷発行

発行者 角川春樹

発行所 株式会社角川春樹事務所
〒101-0051東京都千代田区神田神保町3-27二葉第1ビル

電話 03(3263)5247(編集)
03(3263)5881(営業)

印刷・製本 中央精版印刷株式会社

フォーマット・デザイン 芦澤泰偉
表紙イラストレーション 門坂 流

ISBN978-4-7584-3494-2 C0193 ©2010 Fumihito Hamada Printed in Japan
http://www.kadokawaharuki.co.jp/[営業]
fanmail@kadokawaharuki.co.jp[編集]　ご意見・ご感想をお寄せください。